S

Wolfram Siebeck

Frau Hoffmanns *neue* Erzählungen

Schöffling & Co.

Erste Auflage 2006

Umschlagfoto: Edith von Welser-Ude
Satz: Fotosatz Reinhard Amann, Aichstetten
Druck & Bindung: Pustet, Regensburg
ISBN-13: 978-3-89561-266-4
ISBN-10: 3-89561-266-9

www.schoeffling.de
www.literarischer-katzenkalender.de

Inhalt

Deutsch-französische Freundschaft: Ein Katzensprung

»Ob es am Wetter liegt?«

»Ob *was* am Wetter liegt?«

»Daß ich so müde bin …«

»Das *kann nur* am Wetter liegen. Du hast dich ja überhaupt nicht angestrengt. Hast dich nicht rumgetrieben, bist keinen Baum raufgeklettert, hast keine Maus gejagt …«

»Pah! Als ob das anstrengend wäre. Ein Schlag mit der Pfote – und voilà!«

Sie ist jetzt schon viele Wochen in der Drôme, daher ihre Angewohnheit, französische Begriffe in ihr Miau einzuflechten.

»Ich glaube, ich vertrage das Klima nicht«, kommt Frau Hoffmann auf den Anfang ihrer Wortmeldung zurück. »Immer Mistral, und kein Regen. Das geht einem auf die Brekkies.«

»Wie wär's mit einem Klimawechsel?« frage ich so beiläufig wie möglich.

Sie zuckt nervös mit dem Fell: »Du meinst – abreisen?«

Frau Hoffmann fürchtet sich nicht vor den Jagdhunden mit ihren Flöhen. Sie ignoriert Tiefflieger, Hornissen und Besucher. (»War das wieder ein Pöbel oder nur Verwandtschaft?« fragt sie, wenn die wieder verschwunden sind.) Aber Autofahren haßt sie über alles in der Welt. Sogar im Kleinwagen, in dem wir sie einmal im Jahr zum Veterinär bringen, stellt sie sich an wie der französische Adel auf dem Henkerskarren. Beim jährlichen Ortswechsel über 800 Kilometer Autobahn aber jammert und brüllt sie, daß es uns peinlich ist, wenn wir andere überholen. Manche Autofahrer haben einen Aufkleber am Auto: »Baby an Bord«. Ich habe jedoch noch nie ein Baby so schreien hören, wie Frau Hoffmann ihren Weltekel artikuliert. Man könnte glauben, sie imitiert deutsche Rock-Gruppen.

»Wie war das mit dem Klimawechsel? Heißt das ...«

Ich gebe zu, sie hat Grund, mißtrauisch zu sein. »Sieh mal«, beginne ich vorsichtig, »jetzt beginnt hier der Herbst. Da wird es furchtbar langweilig für dich.«

»Langweilig ist es auch in Deutschland!«

»Vielleicht in diesem Herbst ausnahmsweise einmal nicht. Wir kriegen nämlich eine neue Regierung ...«

Sie gähnt: »Ja. Steht täglich in den Zeitungen von gestern.«

Wenigstens kommt hier nicht auch das Fernsehen mit einem Tag Verspätung. Wir würden sonst über den Unterschied zwischen Brutto und Netto erst aufgeklärt, wenn sich in Deutschland kein Hund mehr dafür interessiert.

»Hast du gerade ›Hund‹ gedacht?« fragt sie mißtrauisch. Bei gewissen Themen kann sie Gedanken lesen. »Um Gottes willen, nein!« beschwichtige ich sie. »Ich dachte an Frau Merkel.«

Sie versammelt ihre Pfoten unter der Halskrause und rollt sich zum Schlafen zusammen. »Habe ich doch gesagt: furchtbar langweilig.«

Was wir in diesen Wochen nicht gebrauchen können, sind unpolitische Zeitgenossen. Frau Hoffmann besitzt zwar keinen deutschen Paß, hat aber ihren Anteil an der deutsch-französischen Freundschaft; sie ist in der Drôme geboren. Einmal brachte sie den Kanarienvogel des Bürgermeisters an. Er wohnt gleich nebenan und ist ein Anhänger Le Pens. Da haben wir diskutiert, welche Auswirkungen die EU auf die Zukunft des gelben Vogels haben würde. Frau Hoffmann hatte dabei für die freie Wahl des Arbeitsplatzes plädiert und sich gegen Einflugbeschränkungen für Kleingeflügel ausgesprochen. Der Kanari ist leider währenddessen verstorben.

Wer würde freiwillig auf einen so luziden Verstand verzichten, wenn es darum geht, eine neue Regierung zu installieren? Warnte nicht jemand, die Zukunft Deutschlands stehe auf dem Spiel? Da darf eine schlaue Katze nicht fehlen.

»Frau Hoffmann«, sage ich deshalb mit der mir zur Verfügung stehenden Autorität, »übermorgen fahren wir.«

Die schwarzweiße Mieze

Frau Hoffmann ist eine schöne Katze, aber manchmal denke ich, ein bißchen Eitelkeit würde ihrer Schönheit nützen. Zum Beispiel wie sie jetzt in der Küchentür sitzt, bräsig wie Kohl und graziös wie Merkel. Das ließe sich doch verbessern! Aber sie denkt wohl nur an die Makrelen im Kühlschrank und wie sie seine Tür durch Hypnose öffnen kann. Darüber vergißt sie völlig, auf ihre Haltung zu achten. Wenn ihr Gesicht nicht von so unendlicher Schläfrigkeit gekennzeichnet wäre, könnte man vermuten, es gäbe für sie nichts anderes auf der Welt als die Fische im Gemüsefach. Wahrscheinlich ist es wirklich so, daß ihre Pfründe ihr wichtiger sind als das Verschwinden der Alpengletscher.

Aber ich habe sie wieder einmal unterschätzt. Sie verdreht das linke Hinterbein auf groteske Weise und fragt: »Wenn unsere transatlantische Freundschaft wieder so herzlich wird wie vor dem Einmarsch, besucht uns dann die schwarzweiße Mieze öfter?«

Über den amerikanischen Einmarsch im Irak ist sie so gut informiert wie über die Nistplätze der Amseln. Und mit der schwarzweißen Mieze ist Condoleezza Rice gemeint. Sie findet sie wunderbar, hält sie für eine verkleidete Katze. »Wenn die doch Kanzlerkandidatin wäre«, maunzte sie kürzlich, als Mrs. Rice im Fernsehen auftrat. Ich habe schleunigst das Fenster geschlossen. Auf der Straße wimmelt es von der schwarzen Mehrheit, die sich nichts Schöneres vorstellen kann als einen Kanzler namens Angie. Die will ich nicht unnötig provozieren. Der Knabe einer Nachbarin ist in der Schule verprügelt worden, bloß weil er Oskar heißt. (Unsere Nachbarschaft besteht aus Familien mit 3 Autos, 2 Kindern und 1 Konto in Luxemburg.)

»Und mindestens einem Hund«, setzt Frau Hoffmann hinzu, die sich wieder mal im Gedankenlesen übt. Ich nicke: »Und niemand redet davon, die Hundesteuer zu erhöhen!«

Sie zuckt ärgerlich mit dem Schwanz: »Diese Regierung muß weg!«

»Jawohl!« stimme ich ihr zu. »Oder eine höhere Mehrwertsteuer muß her; sofort!«

»Warum die?«

»Weil dann auch Hundefutter teurer wird. Und Hundeshampoo. Überhaupt alles, was ein Hund so braucht.«

»Wozu braucht ein Hund Shampoo?«

»Hunde müssen ab und zu zum Hundefriseur, wo ihnen das Fell gewaschen wird.«

»Und warum wird ihnen das Fell gewaschen?« fragt Frau Hoffmann, die ihr Fell selber wäscht und überhaupt sehr viel Zeit mit ihrer Körperpflege verbringt.

Eine schwierige Frage. Erkläre ich ihr, daß Hunde stinken, wenn sie nicht zum Friseur gehen, sind alle beleidigt, die auch nicht zum Friseur gehen. Sage ich aber, daß sogar ein Hund schöner aussieht, wenn er sich das Fell waschen läßt, ist Frau Hoffmann beleidigt, weil sie sich nie waschen läßt. Ich suche ein populäres Beispiel.

»Du siehst doch auch Wahlsendungen im Fernsehen. Fallen dir an den Kandidaten keine Veränderungen auf?«

Sie denkt nach. Das heißt, sie kratzt sich am Hals, putzt eine Pfote und bürstet ihren Schwanz. Dann sagt sie: »Claudia Roth hat neue Kleider.«

»Gut beobachtet!« lobe ich sie.

»Und Lafontaine trägt keine Krawatte.«

»Richtig! Er solidarisiert sich mit den Unterschichten.«

»Gibt es davon mehrere?«

»Und ob! Häuslebauer, Pendlerpauschalisten, Schwarzarbeiter, Steuerflüchtlinge, Mautverweigerer...«

»Was verweigern die?«

»Steuern zahlen, wie alle: Autobahnsteuer, Erbschaftssteuer, Reichensteuer, Umsatzsteuer, Vergnügungssteuer, Ökosteuer, Einkommensteuer, Mehrwertsteuer, Kirchensteuer, Sektsteuer...«

»Hundesteuer...«, fällt sie mir ins Wort.

Typisch Katze. Während unsereins die Probleme der Gesellschaft im Auge hat, hofft sie nur, daß es den verhaßten Hunden schlechtgeht. Sie würde bedenkenlos FDP wählen, wenn dadurch das Hundefutter teurer wird.

Hunde, wollt ihr ewig wählen

»Ist es wahr, daß sie Hunde klonen?«

»Unsinn. Einen einzigen Hund haben sie geklont, und es waren Koreaner, die es taten.«

»Kann man auch Koreaner klonen?«

»Wahrscheinlich. Aber nicht am Sonntag.«

»Und warum sonntags nicht?« Wie immer, wenn es um Hunde geht, ist Frau Hoffmann hellwach. Sie sitzt angespannt wie ein Tiger, der durch einen brennenden Reifen springen soll. Ich hingegen bin schläfrig vom Wein zum Mittagessen: »Weil Gott am Sonntag auch nicht gearbeitet hat.«

Sie überlegt. Kratzt sich also, putzt sich, bürstet ihren Schwanz. Dann fragt sie:

»War Gott in der Gewerkschaft?«

Endlich mal eine Frage, die im Zusammenhang mit dem Papst-Hype noch nicht gestellt wurde. Ein Fall für Ratzinger.

»Wäre er in der Gewerkschaft gewesen, wäre die Welt noch nicht fertig.«

»Weil er polnischen Klempnern und chinesischen Gärtnern die Mitarbeit verweigert hätte?«

»Genau!« (Wie sie die Zusammenhänge durchschaut! Schlaue Katze.)

»Bist du auch in der Gewerkschaft?« (Blöde

Katze. Sitzt den ganzen Tag auf meinem Arbeitstisch und zählt die Stunden nicht.)

»Ich bin ein Intellektueller, und Intellektuelle sind nicht in einer Gewerkschaft.«

»Du kannst also klempnern und Bäume pflanzen?« Und als ich ihre aufkommende Bewunderung dämpfe, setzt sie nach: »Kannst du auch Hunde klonen?«

Immer nur Hunde. »Gibt es für dich kein anderes Thema?«

»Wieso? Schließlich ist die Hundeplage hierzulande größer als die Heuschreckenplage, vor der Häuptling Roter Schal immer warnt.«

Kann es sein, daß Frau Hoffmann recht hat? Von Zeit zu Zeit fängt sie zwar eine Heuschrecke, die sie mit Genuß frißt. Hunde hingegen verspeist sie schon zum Frühstück, da unterscheidet sie sich nicht vom Springer-Verlag, nur daß man dort Sozialisten bevorzugt.

Nach einer Schweigeminute setzt sie das Verhör fort.

»Du bist also ein Intellektueller. Woran erkennst du das?«

»Wie ich schon sagte: Ich bin nicht in der Gewerkschaft. Ich bin nicht rentenberechtigt und habe immer die falsche Partei gewählt.«

»Aber Intellektuelle sind doch alle in der Partei des Kanzlers und gehen in Berlin ein und aus. Wann warst du denn das letzte Mal in Berlin?«

»Du solltest dich daran erinnern. Wir waren damals zusammen in Berlin ...«

»Richtig. Wir wohnten über dieser Baustelle, wo nicht gebaut wurde.«

»Ist inzwischen fertiggebaut.«

»Potztausend! Ist das Schloß auch wiederaufgebaut?«

»Noch gar nicht angefangen. Die suchen noch nach einem Backenzahn von Kaiser Wilhelm.«

»Ja, in Berlin hat es mir gut gefallen. Vor allem diese fabelhafte Fußbodenheizung! Haben alle Berliner so eine?«

»Aber ja doch. Das ist der Grund, warum sie sich so ungern abwählen lassen.«

»Kann ich verstehen. Um so mehr wundert's mich, daß du nicht auch in Berlin bist bei deinen intellektuellen Kollegen, den Malern und Friseuren.«

»Eine Fußbodenheizung haben wir auch hier. Sie ist nur nicht eingeschaltet.«

»Warum denn nicht, um Himmels willen?«

»Weil sie falsch installiert wurde; übrigens von einem polnischen Klempner.«

»Und warum hast du keinen deutschen genommen?«

»Sie sollte noch vor dem Winter fertig werden.«

Frau Hoffmann springt vom Tisch auf die Fensterbank, wobei sie einige Papiere in den Abgrund schickt, darunter die Ölrechnung. »Es wird ein kalter Winter werden«, sage ich mehr zu mir als zur Katze und krieche unter den Tisch. »In einem besseren Deutschland«, fügt sie hinzu, die an die Wahlpropaganda der Parteien glaubt.

»Was soll daran besser sein, wenn ich die Ölrechnung nicht bezahlen kann?« Ich wedele mit dem fraglichen Dokument in ihre Richtung.

»Wenn sie dein Geld nicht kriegen, können sie ihre Haßprediger nicht mehr bezahlen!«

»Das glaubst du! Aber die sind nicht in der Gewerkschaft und predigen auch umsonst.«

»Schön blöd …«, sagt Frau Hoffmann und outet sich damit als sozialistischer Schläfer.

Soziale und frugale Gerechtigkeiten

Wir sitzen beim Essen. Es gibt Ölsardinen mit Toast, Safranrisotto und gebackene Sellerieschnitten. Ein frugales Mahl, dem sonnigen Herbsttag angemessen. Für ebenso passend halte ich den Viognier 2002 aus dem Rhônetal. Frau Hoffmann sitzt, wie immer, mit am Tisch. Sie hat vorher was gekriegt. (Brekkies und Stinkmatsch aus der Dose, danach Wasser.) Deshalb ist sie jetzt satt und verfolgt nicht jeden Bissen, den wir uns in den Mund stecken, mit gierigen Blicken. Sie liegt auf einem Stuhl und geht ihrer Lieblingsbeschäftigung nach, sie schläft.

Wir unterhalten uns über die Chancen, die Lafontaine und Gysi beim Wahlvolk haben. (Wähler und Wählerinnen, wie es politisch korrekt genannt wird.) Plötzlich meldet sich Frau Hoffmann zu Wort: »Sie versprechen soziale Gerechtigkeit. Das ist doch Schwachsinn!«

»Wieso ist das Schwachsinn? Sie ist das höchste Gut der Menschheit!« protestiere ich.

»Ich dachte, das wären eure Autos.« Sie stemmt sich auf ihren Beinen hoch, macht einen Buckel und legt sich wieder hin. »Bist wohl ein Altachtundsechziger, wie?«

Da ich gerade ein Stück Sellerie im Mund habe,

das mit einem Schluck Wein hinuntergespült werden muß, kann ich auf ihre Unterstellung nicht reagieren. Statt dessen redet sie weiter: »Wo war denn die soziale Gerechtigkeit, als Noah die Tiere in seinen Kahn lud? Von jeder Spezies nur ein Paar. Den Rest ließ er ersaufen. Eine schöne Gerechtigkeit ist das!«

»Es war wohl nicht genug Platz für alle!«

»Außerdem hat er zwei Hunde mit an Bord genommen. An deren Stelle hätten hundert Mäuse mitfahren können.«

»Genau dafür kämpfen Lafontaine und Gysi: Mehr Mäuse für alle. Das muß doch in deinem Sinne sein!«

»Bist du verrückt? Mäuse für alle ist eine verhängnisvolle Utopie. Mäuse sind den Katzen vorbehalten. Das ist ein Naturgesetz! Wer daran rüttelt, versündigt sich.«

»Und was sagen die Wölfe dazu? Die lieben Mäuse ebenso wie du.«

»Das sind unangenehme Minderheiten, die ihre Extravaganzen auf Kosten der Allgemeinheit ausleben wollen. Warum fressen sie keine Fische wie die Bären?« Sie wirft einen lüsternen Blick auf unsere Ölsardinen.

»Weil sie keine Bären sind!«

»Ich bin auch kein Bär. Trotzdem fresse ich von Zeit zu Zeit gern ein Fischlein.« Sie reckt ihren Hals und fixiert die Ölsardinen so aufdringlich, daß ich sie an die Hausordnung erinnern muß, wonach am Tisch nicht um Futter gebettelt werden darf. Dann zeige ich auf die weitgeöffnete Terrassentür: »Da hinten im Garten habe ich heute morgen wieder den kleinen, dünnen Kater gesehen, der offenbar keinen festen Wohnsitz hat. Der weiß bestimmt nicht einmal, wie Ölsardinen überhaupt schmecken. Und du wirst von Tag zu Tag dicker von all den Delikatessen, die du frißt. Wo bleibt da die soziale Gerechtigkeit?«

»Gibt es nicht. Habe ich doch gesagt. Eine Illusion.«

»Na, wenn sich das herumspricht, haben Gysi/Lafontaine keine großen Chancen.«

»Ach, die, die werden doch nur von proletarisierten Kindesmör...«

Ich habe ihr eine Ölsardine zugeworfen, ein krasser Verstoß gegen unsere Tischordnung. Aber wie hätte ich sie zum Schweigen bringen und verhindern können, daß morgen früh ein paar Lauschangreifer vor der Tür stehen? Diese Schlapphüte haben todsicher ein paar dünne Kater unter Vertrag, die ihnen jedes gemaunzte Wort übersetzen. Denn auch wenn bei uns die soziale Gerechtigkeit noch nicht voll entwickelt ist, Denunzianten gibt es schon lange. Oder, wie es politisch korrekt heißen muß, Denunzianten und Denunziantinnen.

»Das ist ja so«, hat Frau Hoffmann einmal diese populistische Heuchelei kommentiert, »als würde der Wolf zwischen *Kater* und *Kätzin* unterscheiden. Daß er im Wahlkampf Kreide frißt, ist schon lächerlich genug.«

Hunde im All und Katzen in Sibirien

»Ich lese soeben, daß Katzen in den USA die beliebtesten Tiere der Surfer sind. Macht dich das stolz?«

Sie sieht mich mit großen Augen an. Hast du sie noch alle? heißt das, wenn ich richtig übersetze. Tatsächlich äußert sie sich sinngemäß, wenn auch, wie es ihre Art ist, konzilianter: »Ich und surfen? Du weißt doch, was ich vom Wasser halte. Und dann noch Wasser mit Wellen! Grrrr…«

»Entschuldige, daß ich mich nicht präzise ausgedrückt habe. Es handelt sich nicht um die Wellenreiter von Hawaii, sondern um Surfer im Internet.«

Frau Hoffmann kräuselt die Nase. Die ist rosa und sehr sauber, was erstaunlich ist, wenn man bedenkt, wo sie sie überall reinsteckt. Nasekräuseln ist bei ihr das, was dem Lachen am nächsten kommt.

»Internet?« kichert sie (das heißt, sie fügt der gekräuselten Nase noch ein schiefes Ohr hinzu), »das ist doch die Tätigkeit, bei der es dich nicht stört, wenn ich auf die Schreibtasten trete, nicht wahr?«

Da sie mit ihren Pfoten die Aufdringlichkeiten verschwinden läßt, die zu löschen mir die Energie fehlt, stört es mich in der Tat nicht. Einmal hat sie mich so aus einem Chat-Room befreit, als ich gerade begann, mich mit einer Wichtigtuerin namens Rike-O über die Auswirkung des Irakkriegs auf die Nilkrokodile zu streiten.

Deutlicher als Frau Hoffmann kann man nicht demonstrieren, wie sinnlos, überflüssig und zeitverschwendend das Surfen im Internet ist. Ein Fußtritt, und Google, Schmugel, L.U.G.E.L verschwinden wie durch Zauberei.

»Was hast du denn noch über meine Beliebtheit erfahren?« nimmt sie das ursprüngliche Thema wieder auf.

»Es hat etwas damit zu tun, daß Amerikaner Katzen lieber angucken als, sagen wir: Waschbären.« Ich wollte eigentlich Hunde sagen, weil das der Nachricht aus den USA entspricht. Aber das H-Wort schlägt ihr jedesmal auf den Magen wie eine bestimmte Sorte Dosenfutter, die ich aus begreiflichen Gründen auch nicht nennen möchte.

»Die Amerikaner sind tolle Typen!« schnurrt sie anerkennend. »Stimmt es, daß sie alle rote Häute haben? Du warst doch schon mal in Amerika, nicht wahr?«

»Gewiß. Aber sie waren nie zu Hause, sondern entweder in Vietnam oder in Kuwait oder im Irak.«

»Was haben sie dort gemacht? Katzen gefüttert?«

»Ich glaube nicht. Ich war ja nie dabei, wenn sie in die Ferien fuhren.«

Sie peitscht beunruhigt mit dem Schwanz. Das Wort »Ferien« und die damit verbundene Vorstellung vom Autofahren löst bei ihr Panik aus.

»War es nicht Pascal, der gesagt hat, alles Unglück der Welt begann damit, daß der Mensch nicht ruhig zu Hause auf seinem Hintern sitzen kann?«

Weiß der Himmel, woher sie Pascal kennt. Wenn es denn Pascal war, der diesen Schnack von sich gegeben hat.

Aber es ist was dran. Obwohl – wenn die Amerikaner alle zu Hause geblieben wären, hätten wir sie heute noch in Europa, jedenfalls die frommen, weißen Puritaner, die jetzt im Mittelwesten sitzen, vor dem Frühstück beten und danach im Internet surfen. Rumsfeld wäre bayerischer Ministerpräsident.

Als hätte sie meine finsteren Gedanken erraten, maunzt Frau Hoffmann in die entstandene Stille:

»Mögen sie Katzen immer oder nur beim Surfen im Internet?«

»Immer, selbstverständlich.«

»Warum bist du so sicher?«

»Weil sie noch nie eine Katze in den Weltraum geschossen haben. Wohingegen die Russen …«

»Was ist mit den Russen?«

»Sie haben eine Hündin, die Laika hieß, in den Weltraum geschossen …«

»Jetzt verstehe ich, warum die PDS so viele Anhänger hat! Der gute Onkel Stalin hat Hunde dorthin befördert, wo sie hingehören!«

Den »guten Onkel« hat sie garantiert nicht in diesem Haus aufgeschnappt.

»Lob ihn nicht zu sehr«, bremse ich ihren aufkeimenden Stalinismus. »Er hat auch Katzen nach Sibirien geschickt. Eine ist zu Fuß zurück bis an die

Wolga gelaufen und hat vom sibirischen Katzenelend erzählt.«

»Zu Fuß bis zur Wolga! Hat sie eine Goldmedaille gekriegt?«

Ich schüttele den Kopf. »Eine französische Sportzeitung hat rausgekriegt, daß die Katze gedopt war.«

Außerirdische contra Papst

Sie kommt spät, für ihre Verhältnisse sehr spät. Denn die Zeit der mittäglichen Fütterung ist seit über einer Stunde vorbei. Wir haben uns Sorgen gemacht.

»Wo kommst du denn jetzt erst her? Weißt du nicht, wieviel Uhr es ist?« herrsche ich sie an. Sie ist nicht beeindruckt. Mit hocherhobenem Schwanz kommt sie langsam näher und reibt ihren Kopf an meinem Bein. »Ach, wenn du wüßtest!« schnurrt sie.

Darin unterscheiden sich Katzen von Hunden. Werden sie angeschrien, verziehen Hunde sich mit eingekniffenem Schwanz in ihr Körbchen. Frau Hoffmann aber reagiert, als hätte ich sie gelobt. Dazu sieht sie mich auffordernd an.

»Also was ist«, frage ich sie, »wo warst du?«

Sie macht's spannend, beleckt die Pfote, streicht sich über die Augenbrauen, bevor sie sich hinsetzt. Dann sagt sie und sieht mich erwartungsvoll an: »Ich bin entführt worden!«

Mir fährt der Schreck in die Glieder. Unter Katzenfreunden erzählt man sich schreckliche Geschichten von Tierfängern, die Katzen entführen und an wissenschaftliche Labors verkaufen, wo man sie zu Tode martert, um ein neues

Shampoo für den notleidenden Markt zu erfinden.

»Und wie hast du dich befreien können?«

»Was heißt befreien? Sie haben mich nach Hause gebracht.«

»Wer? Die Wissenschaftler oder die Kid-, ich meine die Katznapper?«

Wie sie mich fixiert, muß sie mich für einen Idioten halten: »Es waren Außerirdische.«

Ich traue meinen Ohren nicht. Frau Hoffmann hat soeben die beste Ausrede einer Minderjährigen nach einem Discobesuch erfunden. Aber Frau Hoffmann ist nicht minderjährig, sie ist eine Katze, die nie in eine Disco geht. Jetzt verschwindet sie in der Küche, wo die Memsahib ihr den Freßnapf füllt.

Warum haben sie sie entführt? Sie müssen geglaubt haben, die Erde werde von Katzen beherrscht. Vielleicht sehen sie selber aus wie Katzen. Keine grünen Männchen, die sich für blasse Frauchen interessieren und hinter Angela Merkel her sind. Sondern prächtige Kater mit Halskrausen, die bei Tag und Nacht gleich gut sehen können. Wie das Navigationssystem der neuen S-Klasse von Mercedes. Und von morgens bis abends über Reformen reden, wie die Berliner Politikerriege.

»Sie haben mich in ihr Raumschiff geschleppt und fotografiert und dann gewogen«, gibt Frau Hoffmann zu Protokoll, als sie ihren Mittagsschlaf beendet hat. »Ich sei zu schwer, haben sie gesagt!«

»Die Jungs wissen, wovon sie reden«, werfe ich ein.

»Dann haben sie mir ein Haar ausgerissen und untersucht.«

»Na und? Wie war die Diagnose?«

»Du sollst dich mehr um meine Psyche kümmern, haben sie gesagt.«

»Um deine was? Ein Flohhalsband genügt wohl nicht?«

»Das Halsband haben sie mir jedenfalls gelassen, wie du siehst.«

Das muß man sich mal vorstellen: Da kommen verflohte Außerirdische, kidnappen meine Katze und spielen sich auf wie Sigmund Freud.

»Woher willst du wissen, daß es Außerirdische waren?«

»Wenn dir jemand beide Pfoten auf die Schulter legt, dir tief in die Augen schaut, daß dir ganz flau wird, und spricht: ›Ich brauche dich, dich ganz besonders!‹, dann kann es doch nur ein Außerirdischer sein!«

»Oder ein verspäteter Wahlkämpfer«, gebe ich zu bedenken, »oder der Papst.«

»Warum sollte mir der Papst ein Haar ausreißen?«

»Nun, dann war es wohl doch Joschka Fischer.«

Frau Hoffmann schüttelt den Kopf, daß ihr Halsband schlackert. »Wenn Joschka Fischer meint, daß er mich braucht, dann wäre ich längst Botschafter in der Ukraine. Nein«, sie gähnt, daß man ihr bis in den Magen sehen kann, »er hat keine Nachzahlung gewollt und keinen Zuschlag verlangt. Er war außerirdisch nett zu mir.«

 »Ich hätte nicht gedacht, daß du dem Papst so

auf den Leim kriechst. Er war nämlich der nette Außerirdische!«

»Woher willst das wissen?«

»Ich habe gerade in deinem Magen die Hostie gesehen, mit der er dich bestochen hat.«

Der Hund stammt vom Affen ab

Eine intelligente Katze wie Frau Hoffmann erkennt man daran, daß sie geradezu süchtig nach einem intellektuellen Diskurs ist. Sie kann es gar nicht erwarten, bis ich jetzt am frühen Nachmittag die Augen aufmache, und schon fragt sie mit erhobener Kralle: »Stammst du vom Affen ab?«

Natürlich kennt sie die amerikanische Diskussion über den ethischen Wert der weißen, protestantischen US-Bevölkerung und deren Gründung durch den himmlischen Schöpfer. Sie würde ihre Frage auch dem Präsidenten der USA stellen, wenn dessen Sheriffs sie ins Land ließen. (Sie hat persische Vorfahren.) Also stehe ich ihr Rede und Antwort: »Wahrscheinlich ja; wenn man den Darwinisten glaubt.«

»Und glaubst du den Darwinisten?«

»Warum nicht? Hast du die neue Regierung gesehen?«

»Ich stamme jedenfalls nicht von den Affen ab«, versichert sie mir und leckt sich das Fell. Mir fällt ein, daß auch Affen sich gerne und häufig das Fell lecken. Aber ich verschweige meine Gedanken und sage vorsichtig: »Affen sind sehr intelligent!«

Sie verzieht das Gesicht. »Ja. Hab ich im Fernsehen gesehen. Sie lassen sich Babykleidung anziehen und hüpfen herum wie Negerdarsteller in alten Stummfilmen. Sehr intelligent!«

Mir ist im Moment nicht klar, ob das Wort »Neger«, wenn eine Katze es benutzt, ebenso politisch unkorrekt ist, wie wenn ein Yankee »Nigger« sagt. Ich locke sie von dem heiklen Thema weg und frage: »Wenn du nicht von den Affen abstammst, wie ich, wovon dann?«

»Ich bin jedenfalls kein Produkt eines intelligenten Schöpfers wie Herr Bush. Wir Katzen stammen von einer Urkatze ab, und von sonst nichts.«

»Einverstanden«, beruhige ich sie. »Aber die Urkatze, wo kam die her?«

Sie muß sich erst gründlich putzen, bevor sie antwortet.

»Die kommt von dort, woher auch euer Wotan stammt.«

»Hm. Ich hätte die Wiege der Katzen nicht so weit nördlich vermutet. Hunde, ja ...«

Sie springt auf, und ihr frisch gebürstetes Fell sträubt sich: »Hunde!!! Die kommen direkt aus der Hölle!«

»Oder sie stammen von den Affen ab«, versuche ich ihre Wut zu mildern. Ebenso vergeblich wäre es, BILD von der Affenabstammung der Linkspartei zu überzeugen: »Aus der Hölle«, dabei bleibt sie.

Und dann fügt sie hinzu, daß sie Hunde gesehen habe, die sich wie Menschen verkleidet hatten. »Mit Hut, Brille und Pfeife! *Ab-scheu-lich!*«

Frau Hoffmann ist in vielen Fragen eine Fundamentalistin reinsten Wassers. Manchmal aber beweist sie eine unerklärliche Toleranz. Zum Beispiel wenn sie mit mir in den Weinkeller geht. Sie weiß selbstverständlich, daß oben unter der Gewölbedecke die Fledermaus hängt, wirft auch schon mal einen Blick nach oben. Aber nie klappern ihre Zähne vor Jagdgier, wenn wir den passenden Wein zum Mittagessen aussuchen. Sitzen wir dann jedoch beim Essen und es landet eine Taube auf dem Balkon unter uns, möchte sie sich am liebsten in die Tiefe stürzen und die taubenblauen Federn Stück für Stück ins All fetzen. Dann erinnert sie mich an den Fuchs und die sauren Trauben oder, ins Menschliche transponiert, an Oskar Lafontaines Toleranz gegenüber Gregor Gysi.

»Eine so kluge Katze wie du«, locke ich sie aus der Reserve, »macht sich doch Gedanken darüber, ob ihre Intelligenz von Anfang an da war, oder ob sie sich im Laufe der Jahrtausende entwickelt hat.«

»Was willst du noch lernen, wenn du einmal begriffen hast, daß Mäuse bekömmlich sind und Hunde das Gegenteil davon?«

Eine gute Frage. Ob deutsche Wähler ähnlich gefragt haben, als sie zur Wahl gingen? Nicht immer besteht die Alternative aus Mäusen und Hunden. Auch Affen haben ein Wort mitzureden, wie wir erfahren haben. Es ist alles eine Frage des Standpunkts.

Für Frau Hoffmann ist das nichts Neues. Sie gähnt.

Das schmeckt nach Harmonie

Frau Hoffmann liegt auf Zeitungen und scheint zu schlafen. Doch der Schein trügt. Es ist ihre Art, zu lesen und zu lernen. Katzen können mit ihren Pfoten Nachrichten, Kommentare und Essays erfassen, während unsere Pfoten uns nur ermöglichen, Zeitungen, die voll kluger Texte sind, zum Müllcontainer zu tragen.

»Warum kaufst du immer dasselbe Futter?« fragt sie, ohne die Augen zu öffnen. »Hier wird Feng-Shui empfohlen. Es soll die Gemütskräfte stärken. Ich habe von dir noch nie Feng-Shui bekommen. Es scheint das ultimative Wohlfühl-Futter zu sein. Asiatisch beeinflußt und also katzenfreundlich.«

Mein Fehler ist wohl der, daß ich immer dieselbe Zeitung kaufe. So viel Fehlinformation auf einmal verbreitet nicht einmal Springer.

»Feng-Shui«, kläre ich sie auf, »ist kein Katzenfutter, sondern eine Methode, Körper und Geist mit Harmonie zu versorgen.«

»Eine Methode? Wie schmeckt eine Methode?«

»Ts, ts – nicht alles geht durch den Magen. Es gibt abstrakte Begriffe, die sind unver...«

»Ich weiß. Steuersenkungen zum Beispiel. Wie nannte sie der Mann im Fernsehen? Eine Utopie? Hat die wenigstens einen Geschmack?«

Schlag nach bei Karl Marx, möchte ich ihr am liebsten raten, aber da sie, wie ich sehe, auf der FAZ liegt, würde sie den Philosophen für Godzillas Großmutter halten. Also sage ich, an Steuersenkungen denkend: »Weder Geschmack noch sonstige Eigenschaften. Utopien sind eine Art Feng-Shui für Finanzexperten.«

Damit ist ihr Interesse an Dialektik erloschen. Sie rollt sich wieder zusammen.

Als ich etwas später mit der Memsahib in der Küche stehe, fragt sie nach der Katze: »Hat sie wieder ein Bonmot von sich gegeben?«

»Sie hat mich um Feng-Shui gebeten und gefragt, wie Utopien schmecken.«

»Dann war es ja an dir, ein Bonmot zu prägen.«

»Leider fällt mir vor dem Frühstück nichts ein, wie du weißt.«

»Und nach dem Frühstück auch nichts.«

»Wie wäre es, wenn du den Spiegel neben der Uhr über die Truhe hängen würdest?«

»Wozu das?«

»Angewandtes Feng-Shui. Würde deinen Körper und Geist mit Harmonie versorgen.«

»Versorge du mal lieber Frau Hoffmann mit ihren Brekkies! Ich mache derweil den Toast.«

»Ich will keine Brekkies zum Frühstück«, maunzt Frau Hoffmann, die mir nachgelaufen ist. »Ich will Feng-Shui für Körper und Geist!«

»Nun hör sich einer die Katze an! Warum nicht Kaviar? Ist die ultimative Frühstückskost und harmoniebildend für Körper und Geist.«

»Genau!« stimmt Frau Hoffmann zu, »mit dem Räucherlachs von gestern abend. Sofern ihr ihn in der Nacht nicht heimlich gefressen habt!«

Wir sehen uns an, sehen die Katze an und haben denselben Gedanken: Auf Diät setzen.

»Frau Hoffmann«, sage ich brutal, »du bist viel zu dick. Von heute an gibt es überhaupt kein Frühstück mehr für dich!«

Sie stößt einen Wutschrei aus, daß den Mäusen auf dem Dachboden das Blut gefriert: »Und ihr, und ihr, ihr frühstückt wie die Könige, während ihr mich verhungern laßt.« Mit zwei Sätzen ist sie am Telefonbuch und sucht die Nummer der Tierschützer e. V.

Am Abend, als wir gemeinsam vor dem Fernseher sitzen und auf den Wetterbericht warten, frage ich sie nach der Reaktion der Tierschützer. Schweigen. Schließlich antwortet sie schläfrig: »Ach die. Die haben mich gefragt, was für eine Hunderasse ich sei. Da hab ich aufgelegt.«

Bei den Werbespots hat sie wie immer die Augen geschlossen. So kann sie glücklicherweise nicht sehen, wie sich ein großer Hund über eine Dose Tierfutter hermacht. Es war bestimmt kein Feng-Shui, trotzdem machte er den Eindruck von großer Zufriedenheit. »Hund bleibt Hund«, würde Frau Hoffmann so drohend kreischen, daß die Mäuse sich in Panik vom Dachboden stürzen würden. Aber sie schläft, und das ist der Harmonie unseres Haushalts nur förderlich.

Von wegen sechster Sinn!

»Warum –«, die meisten Sätze, mit denen Frau Hoffmann einen Dialog eröffnet, beginnen mit »warum«. Da unterscheidet sie sich nicht von infantilen Gemütern, die sich fragen, warum das Benzin so teuer ist, wo einem doch kein Tankwart mehr die Scheiben putzt.

Diesmal bin ich es, der beginnt.

»Warum wird euch Katzen nachgesagt, ihr würdet Naturkatastrophen wie Erdbeben und dergleichen im voraus fühlen?«

Sie liegt auf der Fensterbank, mehr draußen als drinnen, und gähnt. »Vielleicht spüren wir es ja wirklich«, sagt sie und blinzelt in die Gegend.

»Ach, mir sagst du aber nichts, wenn die Erde schwankt. Und warum nicht?«

»Wieso? Hat die alte Bude gewackelt?«

Alt ist nicht falsch, aber Bude ist angesichts der antiken Mauern ziemlich respektlos.

»Es stand in der Zeitung: In der Türkei hat die Erde gebebt.«

»Na und? Hast du's gespürt? Ich auch nicht.«

»Wozu ist euer sechster Sinn dann gut?«

»Ich weiß zum Beispiel, daß die Memsahib vorhin im Supermarkt eine neue Sorte Brekkies gekauft hat. Biologisch angereichert, mit Taubenaroma!« Sie erhebt sich, wirft noch einen Blick hinunter ins Tal und springt ins Zimmer. »Muß mal in die Küche«, murmelt sie. (Wo sie sich die neuen Brekkies ansehen wird.)

Kurz darauf begegne ich der Hausherrin im Treppenhaus. »Sag mal, hast du heute neue Brekkies für Frau Hoffmann gekauft?«

»Ja, warum? Mit Taubenaroma und irgendwie biologisch.«

»Donnerwetter!«

»Ich hab's ihr vorher angekündigt. Da hättest du mal sehen können, wie liebevoll sie sein kann.«

Diese raffinierte Katze! Von wegen sechster Sinn! Und liebevoll ist sie wie ein Wechselwähler, dem eine drastische Steuersenkung versprochen wird.

Später kommt sie in mein Zimmer und springt formlos auf meinen Schreibtisch.

»Warum hast du diesen komischen Hut auf?« fragt sie, nachdem ich sie gebührend gekrault habe. »In wenigen Wochen beginnt der Karneval«, erkläre ich ihr das Unerklärliche. »Da probiere ich schon mal einige Kostüme aus.«

»Was soll denn das für ein Kostüm sein? Gehört die Weste auch dazu?«

»Natürlich. Ich bin ein türkischer Sultan.«

»Und woran erkennt man das?«

»An der Wasserpfeife.«

»Was für eine Wasserpfeife?«

»Die fehlt mir noch, muß ich mir erst besorgen.«

»Pfeifst du damit, wenn du Wasser haben willst?«

»Was soll ich mit Wasser?«

»Du hast recht. Im Harem würden sie dir sowieso nur Wein bringen.«

Sie sieht zuviel, hört zuviel, redet zuviel.

Ich bedeute ihr, daß die Audienz zu Ende ist. Vor dem Absprung dreht sie sich noch einmal um und fragt mit einem Blick auf ein dickes Buch: »Lernst du Türkisch?«

»Nein«, sage ich. »Das ist ein Weinlexikon. Da steht alles über Wein drin.«

»Hätt' ich mir denken können«, murmelt sie und springt.

Wenn Frau Hoffmann sich wohl fühlt, rollt sie sich auf dem Teppich. Wie jetzt.

»Na, geht's jetzt besser?« frage ich jovial.

Sie legt sich auf die Seite und blinzelt zu mir hoch: »Besser als was? Besser als gestern? Manches ist besser als gestern, nämlich das Wetter. Bei der neuen Regierung bin ich mir nicht sicher. Und in der Drôme hat's immer noch nicht geregnet, das ist für euch schlechter, wie ich weiß. Mir ist es egal. Ich bin hier, und hier schmeckt das Putenfleisch besser, wohingegen die Brekkies, nichts für ungut, der reinste Dreck sind. Und es gibt keine frischen Sardinen, habe ich gehört. Das ist nicht besser, sondern un-er-träg-lich.«

Trotz der überwiegend negativen Bilanz rollt sie wieder auf dem Rücken wie ein Füllen auf einer Apfelwiese. Ich erinnere mich, daß Frau Merkel in der FAZ als Füllen bezeichnet wurde, und muß lachen. Frau Hoffmann bezieht meine Heiterkeit auf sich und produziert eine extra Rolle.

Heilige Frau Hoffmann

Die Reiselust schläft nie. Sie ist immer hellwach und aktiv. Täglich wird sie durch bunte Prospekte angestachelt. Auch Leute wie ich, für die Reisen ein Beruf und damit lästig ist, werden unbarmherzig bearbeitet: Inseln, Inseln, Inseln, locken die Broschüren.

Ich mag keine Inseln. Schon die Möglichkeit einer Insel löst bei mir Unbehagen aus. Frau Hoffmann ist derselben Meinung: »Du kannst rennen, wohin du willst, am Ende fällst du ins Wasser. Das ist nichts für mich …«

Da mir so früh am Morgen nicht nach einer Diskussion über Mallorca zumute ist, reagiere ich nicht. Nach einer Weile – ich lese gerade, wie schön die Fidschi-Inseln sind – beginnt sie von neuem: »Warst du schon mal in Ägypten?«

Ich schüttele den Kopf und brumme verneinend.

»Ich schon. War toll.«

Was redet sie da? Sie war von Anfang an mit uns zusammen und sonst nirgendwo. Sie spürt meinen Widerspruch und sagt: »In meinem früheren Leben. Alle Katzen waren schon mal da.«

Ich lege die Reiseprospekte aus der Hand. »In deinem früheren Leben?«

»Was glaubst denn du? Während ich in der Drôme war oder in Berlin?«

Sie hat recht. In diesem Leben kann es nicht gewesen sein. Also die gute alte Seelenwanderung.

»Und als was warst du in Ägypten? Als Kamel? Oder als Mistkäfer?«

Sie sieht mich verwundert an. »Als Katze, natürlich. Ägypten ist das Reich der Katzen. Wir waren die Herrscher! Heilige Herrscher! Wir saßen auf dem Thron!«

»Auf dem auch noch ein Ramses saß, oder irre ich mich?«

Sie überhört meinen Einwand souverän. »Hast du noch nie gehört, daß Katzen den Ägyptern heilig waren?«

»Doch, doch. Auch daß ihr die Pyramiden gebaut habt, weiß ich wohl.«

»Wenn es diese blöde Reinkarnation nicht gäbe, wäre ich noch heute in Ägypten.«

»Und was würdest du dort machen?«

»Herrschen! Ich säße auf dem goldenen Thron, umgeben von tausend Mäusen, und erließe Gesetze.«

»Was für Gesetze?«

»Gesetze gegen Hunde.« (Katzen sind unverbesserliche Rassisten.)

Wahrscheinlicher ist, daß sie eine Ausreiseerlaubnis nach Deutschland beantragen würde. Wo es doch so aufwärtsgeht mit uns. Und überhaupt: Goethe, Schiller, Robert Gernhardt.

»Unsere deutsche Kultur bedeutet dir nichts? Und unsere Brekkies? Ich habe gehört, daß das

Hauptnahrungsmittel der Ägypter rohe Zwiebeln waren.«

Sie blickt verträumt in die Ferne. Sieht sie die Pyramiden? Oder Mallorca? Bei Katzen ist man nie sicher. Zwiebeln können es nicht sein. Vor Zwiebeln flüchtet sie in den Weinkeller.

»Die Königin von Saba trug ein fast durchsichtiges, goldbesticktes Kleid aus feinster ägyptischer Baumwolle«, sagt sie mit leiser Stimme. Ich vermute, sie hat Elizabeth Taylor vor Augen. Aber ebenso verträumt setzt sie hinzu: »Sie hatte schon damals die Spiralstruktur unserer Galaxis erkannt.«

Sapperlot! Daß die alten Ägypter viele astronomische Erkenntnisse hatten, wissen wir sehr wohl. Daß aber eine im Nachbarland aufgewachsene Katze darüber plaudert wie über ihre Brekkies, erinnert an Frau Merkels Auslassungen zur Steuerreform. Überdies war die Königin von Saba keine Ägypterin, eher so etwas wie Naomi Campbell. Ein Gedanke drängt sich auf: Wenn auch ich einstmals eine Katze (ein Kater) in Ägypten war ...

»Gib dir keine Mühe«, sagt Frau Hoffmann, die meine Gedanken mal wieder erraten hat, »Kater hatten keine Chancen. Sie mußten für uns die Mäuse fangen.«

Hat sich also nichts geändert seit damals. Heute besorge ich ihr Brekkies und ab und zu frische Innereien, damit sie ordentlich was zu kotzen hat. Sie ist ja irgendwie auch eine deutsche Katze.

Erinnerung macht nicht satt

In der Zeit, die ich brauche, um die Haustür hinter mir zu schließen und den Hut (den ich nicht trage) auf den Haken zu hängen (der nicht existiert), kommt Frau Hoffmann aus den Tiefen der Räume und rennt mit hocherhobenem Schwanz die Treppe herunter. Auf der dritten Stufe von unten treffen wir aufeinander, was sie zur Demonstration ihrer übergroßen Wiedersehensfreude benutzt. Sie legt sich schnurrend vor meine Füße, reibt ihren Kopf an der Treppenstufe und verhindert meinen weiteren Aufstieg. Es ist rührend.

Man kennt solche Szenen aus der Politik, wenn ein in Ungnade gefallener Funktionär wieder ins Rampenlicht aufs Podium darf. Wie er sich freut! Wie sich alle Anwesenden die Freudentränen aus den Augen wischen! Daß es nur Krokodilstränen sind, weiß im Grunde jeder Zuschauer. Bei Frau Hoffmann ist das nicht anders. Ihre Begrüßung fällt deshalb so überschwenglich aus, weil sie weiß, daß ich ihr was mitgebracht habe. Zumindest hofft sie es.

Nun kommt es nicht selten vor, daß ich ihr nichts mitbringe, manchmal mehrmals hintereinander nichts. Trotzdem begrüßt sie mich wie den verlorenen Sohn. Also doch rührend? Ich bin skeptisch. Beobachten wir nicht immer wieder, wie zur Wahl aufgerufene Bürger eine Partei wählen, die ihnen nie etwas Gutes beschert hat? Deren Wohltaten nur aus Versprechungen bestanden, aus Schuldzuweisungen und neuen Versprechungen?

Deshalb habe ich kein schlechtes Gewissen, weil ich Frau Hoffmann an der Nase herumführe. Mich macht nur ihre sinnlose Dankbarkeit stutzig. Ihr hartnäckiger Glaube an meine Gutherzigkeit verweist wieder auf die Dummheit der Wähler.

Als ich als bewaffneter Schüler in den letzten Kriegstagen um mein Leben rennen mußte, hörte ich um mich herum aufmunternde Stimmen, die von Wunderwaffen und vom Endsieg schwafelten. Die Menschheit und offensichtlich auch die Tierwelt wehrt sich gegen die Realität, welche ihnen sagen müßte, daß nicht jeder, der zur Tür hereinkommt, ein Stück Putenschnitzel in der Tasche hat.

Nachdem sie genug gekatzbuckelt hat, rennt Frau Hoffmann vor mir die Treppe rauf zu ihrem Freßnapf.

»Tut mir leid«, lüge ich wie ein weinendes Krokodil. »Ich habe heute nichts für dich.« (Sie soll ja nicht verfetten wie ein Mops.) Sie sieht mich ungläubig an und verzieht sich wortlos. Morgen wird sie mir wieder erwartungsvoll entgegenspringen, wenn ich nach Hause komme. Immer wieder, wie ein Wähler, der gutgläubig zur Urne hastet.

Abends sitzen wir zusammen vor der Glotze.

Bevor sie wie üblich einschläft, maunzt sie leise: »Warum seht ihr euch das an? Ist doch immer dasselbe.«

»Eben darum«, sagt die Memsahib. »Wir warten auf den einen Tag, da Petra Gerster ungekämmt und mit verschmiertem Lippenstift ›Guten Abend‹ sagt.«

»Und was habt ihr davon?«

»Eine wunderschöne Erinnerung. Noch im hohen Alter werden wir uns zuprosten: ›Weißt du noch, wie die vom ZDF, wie hieß sie noch, ungekämmt und mit verschmiertem Lippenstift die Nachrichten verlas?‹ Das ist dann unsere Altersversorgung.«

»Eure was?«

»Altersversorgung. So nennt man das, was einem bleibt, wenn die Jungen nicht für einen sorgen. Man lebt dann von den Erinnerungen an schöne Tage.«

»Du hast doch bestimmt auch viele schöne Erinnerungen, oder etwa nicht?« mische ich mich in das feministische Gesäusel ein.

Es fällt ihr sichtbar schwer, die Augen, die sie bereits geschlossen hatte, wieder ein wenig zu öffnen. »Von schönen Erinnerungen werde ich nicht satt«, flüstert sie erwartungsgemäß und bedeckt die Augen mit der Pfote. Wenigstens das ist ihr im Laufe der Zeit klargeworden.

Was den Wähler angeht, so glaubt er offenbar, auf sein tägliches Putenschnitzel abonniert zu sein. Pech für ihn.

Antworten auf die deutsche Frage

Früher, als sie noch jung war, hielt sich Frau Hoffmann für eine große Jägerin. Sie lag ständig auf der Lauer und stürzte sich auf alles, was sich bewegte und nicht bellte. In der Drôme verjagte sie die Mäuse, Eidechsen und Schlangen aus dem Garten, und Vögel zogen es nach zwei Jahren vor, nicht mehr in der Nähe des Hauses zu nisten. Hier ist die Sache komplizierter. Ab und zu landet mal eine Taube auf dem Torbogen, der eine Durchfahrt ist. Dann stellt sie sich an wie Beckstein beim Anblick eines Asylbewerbers.

»Warum regst du dich so auf?« frage ich sie. »Du kriegst sie ja doch nicht.«

»Wer redet hier von kriegen?« fragt sie zurück. »Sie sollen wissen, daß sie hier unwillkommen sind.«

»Und deshalb die Aufregung und die peinlichen Sprünge?«

»Was heißt peinlich? Wenn ich das Haus nicht von ihnen frei hielte, würden sie in der Dachrinne *faire l'amour.*« (Sterile Katzen reden nur verschlüsselt über das, wovon sie ausgeschlossen sind. So wie Merkel Uckermark meint, wenn sie Deutschland sagt.)

»Im übrigen«, fügt sie hinzu, »sind das nur alte, zähe Tauben, die hier landen.«

»Unterschätze die zähen Alten nicht«, ermahne ich sie. »Die Zähigkeit, mit der Kohl an die deutsche Einheit glaubt, ist doch bewundernswert. Oder etwa nicht?«

»Ist das der berühmte Bimbesjäger?«

»Genau der. Den seine Freunde Moby Dick nennen.«

»Ich dachte, der sei mit einem weißen Wal untergegangen.«

»Nein. Mit schwarzen Kassen.«

Ihre Anteilnahme ist gering. Nach einer Weile fragt sie: »Warum sind hier alle Vögel schwarz? In der Drôme kannte ich einen, der war ganz gelb.«

»Ich weiß. Den hast du gefressen. Er war der Kanari des Nachbarn. Er konnte ein paar Takte aus *Carmen* pfeifen.«

Sie denkt nach. »Carmen? Hieß so nicht die Tochter von Lale Andersen?«

»Nein, die hieß Carmenlitta.«

»Ulkiger Name.«

»Nun ja, nicht alle können so urdeutsche Namen haben wie du.«

»Ist Hoffmann urdeutsch?« Sie schnurrt geschmeichelt.

»So urdeutsch wie Fischer, Schröder, Merkel, Koch ...«

»Worin unterscheidet sich ein urdeutscher von einem nur deutschen Namen?«

»Das ist ein Unterschied wie zwischen Volkswagen und Bentley.«

Sie zögert mit der Antwort. »Ich verstehe«, sagt sie schließlich. »Wie zwischen Jesus und Mohammed, nicht wahr?«

Ich schüttele den Kopf. Das hat man davon, wenn man sein Haustier zur Allgemeinbildung anregt, sein Wissen von den Premium-Marken jedoch nicht fördert.

Doch Frau Hoffmann ist mehr als nur ein Haustier. Sie ist eine metaphysische Katze, deren Schlauheit alle Marken überdauern wird wie das Lächeln der Cheshire Cat in Alices Wunderwelt: »Glaubst du, daß eines Tages Autos mit meinem Namen vor Hoffmann-Tempeln parken werden?«

Normalerweise nicht, denke ich, will ihr aber die Enttäuschung ersparen und gebe zu bedenken, daß mir die Gabe der Prophetie nicht gegeben sei.

»Wenn ich nicht irre, ist das eher dein Metier! Wirf doch einmal einen Blick auf die Straßen von morgen!« fordere ich sie auf.

Sie blinzelt mich an, gähnt erschreckend gründlich und sagt, nun mit weitgeöffneten Augen: »Kein Auto weit und breit. Keine Tempel, keine Mäuse. Scheint mal wieder ein Regierungswechsel stattgefunden zu haben.«

Oder der Benzinpreis ist dort, wo die Shareholder ihn schon immer haben wollten. In der Milchstraße.

Berliner Kaiserschmarrn

Frau Hoffmann demonstriert, wie man verkehrt herum auf einem Sessel sitzen kann. Mit ihrer Nase stößt sie fast an die Rückenlehne. So kann sie nichts sehen als den Bezugsstoff vor ihr. Durch ihre Körpersprache signalisiert sie: »Ich bin sauer«.

Ich erkundige mich nach ihrem Kummer, und es dauert eine Minute, bevor sie zuerst fast unverständlich leise, dann lauter und deutlich, klagt: »Dabei erfülle ich doch alle Voraussetzungen! Ich bin weiblich, habe keine Kinder und stamme aus der Drôme. Was muß ich denn sonst noch können, um nach Berlin zu dürfen?«

Berlin? Ich glaub, ich hör nicht recht.

»Du willst nach Berlin? Da waren wir doch schon mal zusammen.«

»Na und? Das war damals. Da war Berlin noch nicht fertig. Die Stadt war schmutzig und voller Arbeitslosen.«

»Ist sie auch heute noch. Und voller Barrikaden.«

»Was? Herrscht in Berlin Revolution?«

»Schlimmer! Der Terror wütet in den Straßen!«

Frau Hoffmann macht eine flotte Drehung und reißt die Augen auf. Ihr Fell sträubt sich.

»Wilde Hunde?«

»Nein. Al-Qaida. Gleich um die Ecke, wo wir gewohnt haben, neben dem feinen Hotel haben sie die Straße verbarrikadiert. Und nicht viel weiter, auf der anderen Seite der Lindenallee, die gleichen Barrikaden.«

»Wir müssen ja nicht bei den Barrikaden wohnen.«

»Müssen nicht. Aber ehe du dich versiehst, veranstalten die Berliner ein Straßenfest, und du bist eingekeilt zwischen Hertha-Fans, Ethnos und sonstigen Alternativen.«

»Was sind sonstige Alternative?«

»Aldi-Kunden. Verfassungsschützer.« Während sie überlegt, ob sie von Verfassungsschützern eingekeilt werden möchte, beißt sie erst einmal gründlich auf ihrer Pfote herum.

»Das spricht doch nicht gegen Berlin!«

Sie hat recht. Aldi gibt es überall, und die Verfassung wird hier wie dort vor ausländischen Katzen geschützt.

»Berlin ist momentan ein heißes Pflaster«, sage ich, »dort entsteht eine neue Regierung. »

»Das ist es ja, warum ich nach Berlin will! Vielleicht gibt es in der Regierung einen Job für mich!«

»Einen Job? Seit wann drängt es dich zur Arbeit?«

Frau Hoffmann zuckt unübersehbar mit den Ohren. Ich nehme nicht an, daß sie sich für eine fleißige Katze hält, aber ich sollte ihr mehr zutrauen, heißt das. Um einem ungeplanten Ortswechsel vorzubeugen, verschweige ich ihr die Wahrheit nicht: »In einer deutschen Regierung hättest du nicht die geringste Chance.«

Sie springt vom Sessel und baut sich auf dem Teppich vor mir auf: »Und warum nicht?«

»Du bist zu elegant«, beginne ich meine schonungslose Analyse. »Zu elegant und zu graziös. Außerdem redest du zu gescheit. Du verwendest Nebensätze, und damit bist du bei Berlinern, die nur BILD lesen, automatisch untendurch. Darüber hinaus kennzeichnet dich dein verfeinerter Geschmack als Außenseiter.«

Sie ist sichtlich getroffen. Starrt mich wütend an und peitscht mit dem Schwanz.

»Warum bin ich nicht als Schäferhund auf die Welt gekommen? Dann wäre ich heute Kaiser von Deutschland.«

Sie mag recht haben. Aber wie kommt sich eine Katze vor, wenn sie in den Spiegel schaut und einen Schäferhund sieht?

Wie kommt sich Frau Merkel vor, wenn sie im Spiegel aussieht wie Gerhard Schröder?

Müßige Überlegung. Ich versuche, sie aufzuheitern.

»Es gibt so viele Freaks in Berlin. Warum willst du unbedingt Kaiser sein?«

Sie überlegt, während sie ihren Pelz bügelt. »Die werden doch dafür bezahlt, daß sie nicht ständig bei Frau und Kind in der Provinz sitzen, nicht wahr?«

»Das stimmt«, gebe ich zu. »Aber glaubst du, die zahlen einer Katze wöchentlich einen Flug nach Hause?«

»Ich könnte einen Pilotenschein machen und selber fliegen.«

Da sieht man, wie die Sehnsucht nach Berlin die Phantasie anregt. Auch bei Katzen.

Der Chor der Bienen

»Das war doch ein schöner Spätherbsttag, nicht wahr?« begrüße ich Frau Hoffmann, als sie total bekifft aus dem zu uns hochgerankten Efeu auftaucht, in dem sie bei sonnigem Wetter viele Stunden verbringt. Sie stolpert über den Kelim, ohne sich wie üblich an ihm festzukrallen. Sie sieht mich an, wie Gregor Gysi Oskar Lafontaine ansieht, wenn der das Lob der sozialen Gerechtigkeit verkündet. Im Klartext heißt das: Solange mich die Bienen nicht stechen, beschwere ich mich auch nicht über den Gestank. Ins Politische übersetzt bedeutet das ungefähr: Wenn der Oskar nicht den Marx raushängt, steh ich gerne mit ihm auf der Bühne.

Nun weiß ich genau wie jeder andere Zoologe, daß Katzen wegen ihres dicken Fells nicht gestochen werden können. Also muß ich ihren Ausdruck anders interpretieren. Ich frage sie besser direkt: »Was ist eigentlich so schön im Efeu? Ist es der Duft der Blüten?«

»Den magst du schön finden. Ich sage nur: sie stinken.«

Erstaunlich, wie hier Mensch und Tier übereinstimmen. Unser Efeu, der zur Zeit blüht, riecht wirklich nicht wie ein türkisches Bad. Deshalb wundere ich mich ja, daß sie es stundenlang unter seinen Blättern aushält. Frau Hoffmann hat meine Frage aber nicht vergessen und gibt bereitwillig Auskunft: »Es sind die Bienen. Die singen bei der Arbeit. Hast du das gewußt?«

»Ist mir neu. Daß sie summen, kann man hören. Aber singen?«

»Und zwar im Chor!«

In meiner Kindheit habe ich einen Film über Wolgaschiffer gesehen. Die zogen ihre Boote mühsam an Seilen flußaufwärts und sangen dabei im Chor eine schwermütige Melodie. Wir Kinder fanden es witzig, ihr einen neuen Text zu unterlegen: »Zieht euch warm an, zieht euch warm an, denn die Kälte greift den Darm an.«

»Kannst du verstehen, was sie singen?« frage ich die schlaue Katze.

»Natürlich kann ich das. Sie singen ›Zieht euch warm an, denn die …‹«

»Schon gut«, unterbreche ich sie, »der Song ist bekannt.«

Es müssen junge Bienen sein, die da im Efeu wuseln.

»Und das findest du schön?«

»Ja, ich find's witzig. Wo es doch überhaupt noch nicht kalt ist! Außerdem liebe ich Gesang, wie du wissen solltest!«

Es stimmt. In der Drôme hat sie einem Kreis der Freunde italienischer Opern angehört. Alles Katzen der Nachbarschaft. Tagsüber haben sie sich bekämpft wie Koalitionäre. Aber nachts saßen sie auf unserem Dach und sangen Melodien aus *La Traviata* und *Il Trovatore*.

Ob in Berlin auch gesungen wird? Gysi und Lafontaine zweistimmig die *Internationale*? Von Kauders *Angie, Angie*-Solo soll es schon eine CD geben, habe ich gehört. Wo Berlin musisch sein kann, da ist es zunächst musikalisch und Wowi nicht mehr fern.

»Ja«, sage ich unkonzentriert, »ich weiß, wie sehr du den Gesang liebst. Sogar den stinkenden Efeu erträgst du für einen Bienenchor.«

»Ich würde sogar die stinkenden Currywurstbuden in Berlin ertragen, wenn ich dabeisein könnte, wenn die Regierung mit der Opposition zusammen ›O Tannenbaum‹ singt.«

Sie sagt das mit einem so verklärten Blick, daß es mich fast rührt. Aber Katzen können sich verstellen. *O Tannenbaum* bringt mich auf die Spur: Sie denkt an den Weihnachtsmarkt, an Butterplätzchen und Buletten und an die Mäuse, die dadurch angelockt werden. An Wurstsemmeln, die Touristen fallen lassen, an Wahlgeschenke wie Rollmöpse, welche die Parteien verteilen, an ...

»Wie kommst du auf Rollmöpse? Noch nie hat eine Partei im Wahlkampf Rollmöpse verteilt«, korrigiert sie mich gedankenlesend. »Außerdem mag ich keine sauren Heringe.«

»Die Wähler mögen auch nicht alles und jeden. Trotzdem beißen sie in den sauren Apfel und wählen die falsche Partei.«

»Ich weiß«, sagt Frau Hoffmann. »Deshalb will ich ja nach Berlin, aufklären, informieren, Mut machen.«

»Glück auf! Du wirst dort dringend erwartet. Aber zieh dich warm an ...«

Pauschal gegen Stadtflucht

An der Art, wie Frau Hoffmann sich die Schnauze leckt, erkenne ich, daß sie aus der Küche kommt.

»Na, haben wir mal wieder für die Ausrottung der Thunfische gesorgt?« frage ich sie gedankenlos. Ich weiß zwar, daß in der Küche ein Stück Thunfisch liegt, denke aber nicht daran, daß *aussterbende Tierarten* ihr nicht die kleinste Träne entlocken. Sie fühlt sich zu keiner Stunde für das Aussterben von Thunfisch, Wal und Elefant verantwortlich. Außerdem haben wir es versäumt, sie an ihre Mitschuld zu erinnern, wenn wieder einmal eine seltene Vogelart vom Ausflug in den Süden nicht zurückgekehrt ist; zu ihrem erbarmungslosen Feldzug gegen die Mäuse haben wir sie sogar ermutigt.

So verschwindet auch das zufriedene Grinsen nicht von ihrem Gesicht, als sie mir dankbar bestätigt: »Es war beste Sushiqualität. Und à point gegart.«

Soll ich mich nun über die Anerkennung freuen, mit der sie die Küche dieses Hauses bedenkt, oder entsetzt sein über ihre mangelnde Solidarität mit anderen Tieren?

Sie wischt sich die Reste ihrer Vesper aus dem Bart und springt graziös auf die Fensterbank.

Deutlich mehr Anteilnahme zeigt sie bei der Diskussion über die Pendlerpauschale.

»Fällt sie weg, fahren die Leute mit Straßenbahn und Fahrrad, und es werden weniger Katzen überfahren«, erkläre ich ihr. »Bleibt sie jedoch, ziehen die Eltern mit ihren Kindern zu uns aufs Land, wo sie Videospiele beim Bäcker kaufen und Hunde halten können.«

Natürlich ist sie gegen die Pendlerpauschale. Die Vorstellung, daß bei ihrem Weiterbestand auch nur ein zusätzlicher Hund unseren Ort betritt, macht sie wütender, als die damit verbundene Aussicht, weniger überfahren zu werden, ihre Stimmung heben könnte.

Ein Verhalten, durch das Katzen beweisen, daß auch bei ihnen die Vernunft schwindet, wenn sich ein Erzfeind am Gartenrand zeigt. Wir sprechen in solchen Fällen von schwierigen Verhandlungen.

»Und welche Partei«, fragt sie mit bereits schläfriger Stimme von der Fensterbank, »will diese Pauschale abschaffen?«

»Eigentlich alle Parteien. Aber sie fürchten den Widerstand der ... der Hundebesitzer.«

Damit ist es um ihre Mittagsruhe geschehen. Ihr Pelz sträubt sich auf dem gebuckelten Rücken »Eine schreckliche Lobby! Die sitzen in allen Ämter und Ministerien. Sie erschweren uns Katzen das Vögelfangen, während sie ihre Hundlinge von der Leine lassen, damit die sich auf öffentlichen Rasenflächen entleeren können!«

Als ich sie mit beruhigenden Gesten zum Schweigen bringen will, faucht sie weiter: »Du willst wohl, daß ich nicht weiterrede? Weil wir von ihnen abgehört werden, wie? Ist dir nie aufgefallen, daß jeder zweite Polizist, der in ein Haus eindringt, einen Schäferhund bei sich hat? Die sind doch alle Lobbyisten. Mikrofone bringen sie nur an, damit ihre Hunde fremde Wohnungen verstinken können.«

»Also ich würde hier keinen Polizeihund hereinlassen.«

Meine Versicherung beruhigt sie schlagartig. Da sie aber nicht weiß, welchen Eindruck ihre plötzliche Friedfertigkeit auf mich macht, pumpt sie sich noch einmal auf: »Und wer kümmert sich um die Millionen Katzen, die kein so behütetes Haus haben, wo Polizeihunde und ihre Hundeführer die Privatsphäre Tag für Tag gewaltsam mißachten? Wo jedes harmlose Miau abgehört und jedes Brekkie umgedreht wird? Diese armen, unterprivilegierten Katzen, die dem Staat zwar die Ratten wegfangen dürfen, dafür aber nicht mit Thunfisch bezahlt werden und deren Ruhestunden nur wenige Minuten lang sein dürfen?«

Beeindruckt von ihrer wortreichen Anklage, will ich applaudieren, unterdrücke aber meinen Beifall, weil Frau Hoffmann sich sofort zusammenrollt und einschläft.

Jetzt frage ich mich: Kennt sie solche Plädoyers vom Kino, oder ist sie eine wirkliche Agitatorin?

Türkisches Brot und Katzenkuchen

»Was ist eine privilegierte Partnerschaft?«

»Woher soll ich das wissen?«

»Wird doch täglich drüber geredet.« (Sie macht eine knappe Kopfbewegung zu dem Haufen Zeitungen, der neben ihr liegt.)

»Meinst du die Türkei?«

Sie mustert mich so rührend erwartungsvoll, wie Harpo Marx seinen Bruder Groucho mustert. Das bedeutet: Ja.

»Das ist eine Partnerschaft, in der einer mehr privilegiert ist als der andere. Was der andere aber nicht weiß.«

»Warum geht er dann überhaupt in eine Partnerschaft, der andere?«

»Vielleicht verspricht er sich was davon«, sage ich und sehe, daß ihr meine Auskunft nicht genügt. »Es ist wie eine Partnerschaft von Mann und Frau«, setze ich deshalb hinzu und hoffe, ihre Neugier sei gestillt. Aber eher stillst du den Durst eines Bauarbeiters als die Neugier einer Katze: »Und wer ist privilegiert?« bohrt sie weiter.

»Das glaubt die Frau zu sein, weil sie ein hübsches Brautkleid trägt.«

»Schön. Und der Mann?«

»Trägt Jeans und hat sich nicht einmal rasiert.«

»Hat sie sonst keine Privilegien?«

»Doch. Sie darf die Hochzeitstorte anschneiden.«

Frau Hoffmann versinkt in eine träumerische Starre. Dann bricht ihre Neugier erneut aus: »Wer hat die Torte gebacken? Die Memsahib?«

»Nein. Der Konditor am Bahnhof.«

»Der, der den Gugelhupf macht?«

»Genau der. Er ist ein Meister der Hochzeitstorten.«

Der Fluß des logischen Dialogs wird erneut umgeleitet und staut sich vor ihrer Neugier: »Der Beste seines Fachs?«

»Kann man sagen, ja.«

»Backt er auch Brekkies?«

Beginn mit einer Katze ein Gespräch über die verwickelten Probleme der EU-Erweiterung, und du landest unausweichlich bei Torten und Brekkies. Das unterscheidet uns von ihnen. Wir plaudern locker bei Wein und Pizza, und zehn Minuten später streiten wir uns über Angie und Gerhard.

Nachdem ich die Brekkie-Frage negativ beantwortet habe, fragt sie listig: »Könntest du den Bäcker am Bahnhof nicht bitten, seine Kunst auch einmal mit Brekkies zu versuchen?«

Ich schüttele den Kopf. »Der ist Mitglied im Hundezüchterverein. Eher backt Frau Merkel ein türkisches Brot als der Bäcker Katzenkuchen.«

Es dauert eine Weile, bevor sie diese Nachricht verdaut hat. Dann, als ich schon glaube, sie sei eingeschlafen, meldet sie sich wieder: »Findest du es nicht merkwürdig, daß ein Mann, der Hunde züchtet, so tolle Hochzeitskuchen backen kann?«

 Ich winke ab. »Es gibt sogar Politiker, die haben

andere bestochen, begünstigt, verleumdet, belogen und unter Druck gesetzt, und kassieren trotzdem eine fette Rente.«

»Eine fette Ratte?« Sie bearbeitet ihr Ohr so heftig mit der Pfote, daß sie »Nagetier« versteht, wenn »Ehrenvorsitzender« gemeint ist. Mir bietet sich dadurch die Gelegenheit, das Tagesthema zu vertiefen.

»Hochzeitskuchen sind allgemein zu fett und zu süß. Die würden dir nicht bekommen. So süße Sachen ißt man im Orient, und zwar nicht nur bei Hochzeiten.«

»Warst du schon mal im Orient?«

»Klar, wenn auch nicht bei einer Hochzeit.«

»Auch in der Türkei?«

»Auch in der Türkei. Warum?«

»Ach, ich habe da was von einer privilegierten Partnerschaft gehört. Kannst du mir erklären, was das ist?«

Womit wir wieder am Anfang wären.

»Warum fragst du nicht einen Türken?«

»Hab ich ja. Der meinte, ich solle einen Philosophen fragen.«

»Und? Hast du?«

»Ja.«

»Na und? Was hat er gesagt?«

Sie kaut ein wenig an ihren Krallen, bevor sie antwortet: »Er meinte, er sei kein Eheberater. Aber ein gutgläubiger Idiot würde es mir vielleicht sagen können. Und deshalb«, Frau Hoffmann richtet sich auf, ihre Vorderpfoten stehen wie eine Säule vor einer schönen Fassade, »deshalb frage ich dich!«

Kinder, Kinder

Ich drücke die Fernbedienung, und plötzlich herrscht Stille. Kein Gequassel mehr, kein Durcheinanderreden. Ahhhh ...

Frau Hoffmann wechselt die Sitzposition und fragt: »Wer war das mit dem großen Ring und dem Spazierstock?«

»Ein Maler und Bildhauer. Also ein Künstler.«

»Warum mäkelt er denn an Berlin herum? Er wohnt doch selber da.«

»Als Künstler muß er eine von der Allgemeinheit abweichende Meinung haben.«

»Warum muß er das?«

»Damit man ihn als Künstler erkennt.«

»Genügen der große Ring und die Silberkrücke nicht?«

»Meistens schon. Nur in Fernsehdiskussionen muß man damit rechnen, daß sie von Leuten gesehen werden, die einen Künstler nicht von einem Pastor unterscheiden können.«

»Glauben diese Leute nun, was der Künstler über Berlin gesagt hat?«

Frau Hoffmann ist beim Thema Berlin immer hellwach. Sie interessiert sich für die Hauptstadt, seit sie einmal mehrere Monate mit uns neben dem Adlon gewohnt hat. Sie ist ganz eindeutig ein Berlin-Fan.

»Vielleicht glauben sie ihm. Oder aber den anderen Diskutanten.«

»Eine davon hat gesagt, sie sei froh, daß immer mehr Künstler nach Berlin kommen. Glaubst du das auch?«

»Ich kann nur hoffen, daß es wahr ist.«

»Warum hoffen? Ist es gut für Berlin, wenn Künstler in die Stadt drängen? Vor allem junge Künstler, hat die eine Dame gesagt.«

»Sicher ist das gut. Du weißt doch, daß es bei uns zuwenig Kinder gibt.«

»Aber Künstler sind doch keine Kinder!«

Ich belasse sie in ihrem Glauben und drücke auf die Fernbedienung. Rasende Autos flimmern vorüber, schöne Frauen kokettieren über den Rand einer Kaffeetasse und durstige Männer trinken Bier aus der Flasche. Frau Hoffmann verwandelt sich in ein Haufen Fell und hält sich die Ohren zu.

Erst als der Bildschirm wieder dunkel wird, meldet sie sich erneut: »Gibt's keinen Kanal aus Berlin?«

»Nein, gibt's nicht.«

»Und warum nicht?«

»Weil Wowereit dessen Intendant sein würde, dann wäre Berlin ohne Bürgermeister.«

»Wozu braucht Berlin denn einen Bürgermeister?«

Ihre Verhöre sind teuflisch. Was ich auch antworte, es wird gegen mich verwendet. Unter ihren großen, dunklen Augen fühle ich mich wie Rubaschow in *Sonnenfinsternis*. Mit einer Katze zu diskutieren ist sinnlos, aber eine Katze wie Frau Hoffmann bringt einen ins Irrenhaus. Ich suche einen Ausweg: »Würdest du denn froh sein, wenn deine Kinder nach Berlin gingen? Nehmen wir an, du hättest welche.«

»Wenn es Künstler wären, warum nicht?«

»Künstler wie der Maler mit dem großen Ring?«

»Klar! Mit dem Stock könnten sie sich vor Hunden schützen. Außerdem kriegte ich Kindergeld und eine Berlin-Zulage.«

»Wieso du? Du bist doch nicht in Berlin.«

»Eben drum! Die wären so dankbar, daß ich nicht auch noch komme. Was glaubst du, wieviel Künstler eine Stadt ertragen kann?«

»Wenn die Stadt Berlin heißt und die Künstler sich aufs Mäusefangen beschränken – jede Menge!«

Sie richtet sich auf und faucht geradezu, als sie hinzusetzt: »Ich rede hier von meinen Kindern! Von unerzogenen, undisziplinierten Gören, bei deren Anblick die Bevölkerung ganzer Stadtteile nach Osten aufs Land flüchten würde.«

Interessant, wie sie ihre eigene Brut einschätzt. Ob das Familienministerium unter den Berliner Müttern mal nach deren Kinder gefragt hat?

Ich schalte die Glotze wieder ein, und wir sehen einen Herrn mit Schlips, der zwei jungen Menschen vor seinem Schreibtisch erklärt, daß sie bei ihm nur einen Vertrag unterzeichnen müssen, um im Alter fabelhaft versorgt zu sein. Es folgen zwei grauhaarige, kreuzfidele Brillenträger, die auf einer blühenden Wiese Champagner trinken. Und weit und breit keine Maus zu sehen.

Stalins Geheimwaffe

Ihre Haltung ist ein einziger Vorwurf: »Wo kommt ihr jetzt erst her?« (Halbbuckel, Seitenansicht.) »Gestern den ganzen Tag weg, und jetzt ist schon wieder fast Abend!« (Gesträubtes Fell, Rückenansicht.) »Wie soll ich dieses Alleinsein überstehen?« (Steifbeiniger Abgang.)

»Nun mal langsam, Frau Hoffmann«, rufe ich ihr nach. »Wenn du es hier öde findest, schicken wir dich nach Moskau in den Katzenzirkus.«

Das wirkt. Sie bleibt stehen und dreht sich langsam um. »Wohin?«

»Nach Moskau.«

»Da liegt doch der Große Vorsitzende im Glassarg, oder?«

»Der Große Vorsitzende liegt zwar im Glassarg, aber in Peking. Der in Moskau heißt Lenin.«

»Natürlich. Weiß ich doch. Wie Tutenchamun. Seit tausend Jahre und länger.« Nichts weiß sie. Sie gibt es nur ungern zu, daß sie Bildungslücken hat. »Und der hat einen Katzenzirkus?« lenkt sie ab.

»Nein, der Zirkus gehört einem anderen. Da treten Katzen auf, die können die tollsten Sachen!«

Man sieht ihr an, wie sie gegen ihre Neugier ankämpft und die Desinteressierte spielt. »Was werden andere Katzen schon können, das ich nicht auch kann?«

Ich strecke ihr die flache Hand entgegen: »Hier, mach darauf einen Handstand!«

»Einen Handstand? Was ist das?«

»Nenn es meinetwegen Pfotenstand. Stell dich auf die Vorderpfoten und wedele mit dem Schwanz!«

»Warum sollte ich?«

»Weil das eine Katze im Moskauer Katzenzirkus kann. Die macht das auf Kommando.«

»Du meinst, gehorsam wie ein Hund?«

Damit ist mein Versuch, Frau Hoffmann für die Dressur zu interessieren, endgültig gescheitert.

Aber irgend etwas ist hängengeblieben. Nach ihrem nächsten Kurzschlaf springt sie vom Sofa, reckt sich gewaltig und fragt wie beiläufig: »Warst du schon mal in Moskau?«

»Ja. Ist aber schon lange her.«

»Ist das eine schöne Stadt?«

»Damals nicht.«

»Warum bist du dann hingefahren?«

»Es gibt dort ein berühmtes Ballett, das wollte ich sehen. Außerdem hatte ich einen Kursus im Wodkatrinken gebucht.«

»Und wie war das Ballett?«

»Ich bin nicht dazu gekommen. Der Kursus war zu anstrengend.«

Sie überlegt eine Weile.

»Hättest du keinen anderen Kursus buchen können?«

»Doch. Ich wollte über eine Teppichstange laufen können, wie es die Katzen im Moskauer Katzenzirkus lernen. Aber der Zirkus war gerade auf Tournee.«

Daß der Zirkus schon wieder erwähnt wird, in dem Katzen auf zwei Pfoten stehen wie dressierte Hunde, gefällt ihr gar nicht. Ich sehe es an ihren nervös zuckenden Ohren. Dann fällt ihr ein Thema ein, mit dem sie mich garantiert ablenken kann: »Wie war denn das Essen in Moskau?«

»Flüssig.«

»Flüssig? Wie Suppe?«

»Ja, viele Suppen gab's und eingelegte Gurken.« Und Wodka, wollte ich hinzufügen, lasse es aber bleiben. Es würde sie nur an meinen Kursus erinnern und der wieder an den Katzenzirkus. Auch eine Katze hat ein Recht auf Rücksichtnahme. Zu meinem Erstaunen ist sie es, die das Thema wiederaufgreift: »Und dazu hast du Wodka trinken müssen, nehme ich an?«

»Ja, notgedrungen. Weil es nur wenig Wein gab.«

»Seit wann trinkst du Wein zu eingelegten Gurken?«

Was weiß sie über meine Trinkgewohnheiten? Sie weiß alles. Sie ist Schilys tüchtigster Undercoveragent; damals in Moskau hätte sie die unzähligen Wanzen ersetzen können, mit denen wir ständig bespitzelt wurden. Möglicherweise hätte sie mich nach Sibirien gebracht. Ich betrachte sie mißtrauisch. Niedlich sieht sie aus, wie sie sich den Pelz wäscht, den Schwanz bürstet und auf den Pfoten herumkaut. Aber in ihren Augen tränt nie die rührende Hingabe für ihr Herrchen, wie sie jeder Dackel treuherzig sabbernd demonstriert.

Frau Hoffmann, das kann ich nicht bestreiten, wäre eher eine Mata Hari gewesen als eine Florence Nightingale. Und in Moskau, wer weiß, Stalins Schoßkatze.

Vom Preis der Mobilität

Bei einem der seltenen Nach-Tisch-Gespräche (wenn sie satt ist, schläft sie lieber, als mit uns zu reden) hat Frau Hoffmann einmal zu erkennen gegeben, wie sehr sie leidet, wenn sie morgens wach wird und spürt, daß sie allein im Haus ist. (Frau Hoffmann gehört zu den Katzen, die nachts nicht auf die Jagd gehen, sondern durchschlafen wie Kinder.)

Deshalb kündigen wir es an, wenn wir über Nacht wegbleiben. Selbstverständlich deponieren wir genügend Katzenfutter, was sie ebenso selbstverständlich als völlig ungenügendes Entgelt für unsere Hartherzigkeit bezeichnet. Da der Begriff »seelische Grausamkeit« aus der Mode gekommen ist, seit Popstars ihre morosen Eheprobleme dem Boulevard anvertrauen, bleibt es jedoch beim fruchtlosen Genörgel über unsere »extreme Mobilität«.

Diesmal interessiert sie sich zusätzlich für den Grund unserer Reisepläne: »Warum müßt ihr denn zur Buchmesse nach Frankfurt?«

»Um Freunde und Bekannte zu treffen.«

»Habt ihr denn nicht genug Besucher hier? Der Weinkeller ist bereits halbleer!«

»Es geht in Frankfurt nicht nur um Wein.«

»Ich weiß. Es geht um Literatur, nicht wahr?«

»Sagen wir: es geht um Bücher.«

»Na und? Ist das nicht dasselbe?«

»Nur gelegentlich. Das Buch transportiert Wissen, selten Geist.«

»Und du? Was transportierst du? Weinflaschen, wie ich dich kenne.«

»Nur für den Eigenbedarf, bitte!«

»Ist der Geist denn nicht auch nur für den Eigenbedarf einiger Ästheten bestimmt?«

(In den Zeitungen liest sie zuerst die Feuilletons, dann die Leitartikel, daher bezieht sie den Stoff für ihre gewichtigen Fragen.)

Die Zeit, die ich brauche, um mir eine passende Antwort zurechtzulegen, verbringt sie mit der Fellpflege. Die betreibt sie mit solchem Genuß, daß ich mich frage, ob es nicht auch für mich angenehmer wäre, zu Hause zu bleiben und ein Bad zu nehmen, als nach Frankfurt zu brettern. Ich könnte den Weinkeller aufräumen, eine Dose Ölsardinen essen und ein gutes Kochbuch lesen. Aber da kommt die Memsahib ins Zimmer, gestiefelt und gefönt, und verabschiedet sich von der Katze.

Frankfurt war wie immer furchtbar. Zu heiß, zu voll, schlechte Luft.

Also sage ich zu Frau Hoffmann, die am nächsten Tag hinter der Haustür auf ein Fazit unserer Kurzreise wartet: »Zu heiß, zu voll, schlechte Luft.«

»Wo, auf der Autobahn?«

»Ja, da auch. Überall. Da hast ja keine Ahnung, wie gut du hier aufgehoben bist, Luxuskatze!«

»Nur daß ich hier keine Bekannten treffe«, sagt sie vorwurfsvoll. Typische Provinzlerin. Ich zeige auf ein Fenster: »Und was siehst du hier, wenn du auf der Fensterbank liegst? Du siehst das Eichhörnchen unter den Bäumen, die Finken in den Büschen und die Tauben auf dem Dach. Sicher siehst du auch Mäuse da unten und die Nachbarn mit ihren Hunden, das sind doch alles Bekannte von dir, oder irre ich mich? Außerdem ist es hier nicht voll, nicht heiß, und wenn du von einem Zimmer ins andere wechselst, wirst du nicht angerempelt, niemand tritt dir auf die Füße.«

Und da sie so interessiert an meiner Tragetasche schnuppert, füge ich hinzu: »Und niemand schenkt dir kiloschwere Verlagsprospekte, die du stundenlang mit dir herumschleppst, obwohl du weißt, daß du sie nie studieren wirst.«

»Ich würde gerne Chemie studieren«, maunzt sie unerwartet.

»Warum um Himmels willen ausgerechnet Chemie?«

»Damit kann man Karriere machen. Wie Frau Merkel.«

Ich sage ihr nicht, daß Frau Merkel Physik studiert hat. Ich habe früher auch Physik immer mit Chemie verwechselt, deshalb hatte ich in beiden Fächern schlechte Noten. Frau Merkel muß aufpassen, daß sie nicht die BRD mit der DDR verwechselt.

Die Katze spinnt

»Die Katze spinnt«, ist ein in diesem Haus oft gehörter Ausruf. Manchmal fegt Frau Hoffmann wie der Klabautermann über den Flur, daß die Teppiche Wellen schlagen; manchmal rast sie völlig sinnlos die Treppe rauf und wieder runter wie Jan Ullrich in dem Stück »Alpenpässe«.

Wir vermuten, daß es sich dabei um ein spezielles Trimm-dich-Programm handelt, mit dem sie ihre Anfälle von Schlafsucht ausgleichen will. Weil sie wahrscheinlich gesund sind, reagieren wir auf ihre sportlichen Attacken mit Wohlwollen, obwohl wir den Ausruf »Die Katze spinnt« nicht immer unterdrücken. Als sie jetzt auf dem Kissen steht, das Fell gesträubt und den Blick durchs Fenster böse nach unten richtet, wobei sie drohend knurrt, ist es wieder soweit. »Sie sieht Gespenster«, erkläre ich der Burgherrin, nachdem ich mich überzeugt habe, daß dort unten nichts los ist. »Sie schläft am hellen Tag, warum sollte sie nicht auch am hellen Tag Gespenster sehen?«

Frau Hoffmann verstärkt das drohende Knurren und schlägt ungeduldig nach mir, als ich sie mit einer Handbewegung zu besänftigen versuche.

»Weg da!« faucht sie, »ich bin Kamikaze.«

»Hörst du?« wende ich mich an die Burgherrin, »sie ist Kamikaze. Und da unten ist Pearl Harbor, wie ich vermute.«

»Ja, darüber lief gestern ein Dokumentarfilm auf arte«, bestätigt sie. »Wir haben ihn uns gemeinsam angesehen.«

Frau Hoffmann hat soeben die gesamte US-Pazifikflotte auf den Meeresgrund geschickt. Jetzt liegt sie wieder gelassen auf ihrem Kissen und leckt sich die Wunden, die ihr die amerikanischen Schlachtschiffe zugefügt haben.

»Ein Mensch mit solchen Anfällen wäre ein Fall für den Psychiater«, gibt die Katzenmutter zu bedenken.

»Das sind keine Anfälle, das ist freie Phantasie«, nehme ich die Katze in Schutz, werde aber höhnisch belehrt: »Ja, mit dieser Art von Phantasie verbreitet auch G.W. Bush die Demokratie.«

»Nicht nur er«, gebe ich zu bedenken. »Für unsere Sozial- und Steuerreformen benutzt die Regierung die gleiche Phantasie ...«

»Gehören alle in die Psychiatrie.«

»Was ist die Psychiatrie?« meldet sich Frau Hoffmann zu Wort. »Ist es ...?«

»Es ist eine Art von Zoo, der nur Tiere aufnimmt, die nicht ganz beieinander sind.«

»Das bedeutet ...?«

»Verblödet, meschugge, stumpfsinnig. Der Elefant, der immer nur zwanzig Meter nach rechts, dann zwanzig Meter nach links schaukeln kann. Der Panther, der angesichts der vielen Stäbe ...«

»Ich weiß: rammdösig wird. Rilke hat ihn bedichtet.«

Habe ich je erwähnt, wie gebildet Frau Hoffmann ist?

»Was nach euren Maßstäben jedoch wenig bedeutet«, setzt sie ihr Referat fort, »weil es ja nur eine Großkatze war. Wäre hingegen Rilke selber in der Psychiatrie gelandet, dann hättet ihr ihn in dieser Frankfurter Kirche gefeiert wie den Typen aus Lübeck.«

Jetzt hat sie sich endgültig vom japanischen Piloten in einen FAZ-Redakteur verwandelt. Ich verkneife mir den Hinweis, daß der Typ aus Lübeck nie in einer Klapsmühle war (ein Redakteur kann nicht alles wissen).

Wenn man darüber nachdenkt, ist es seltsam, wie wenige unserer Volkshelden und Hauskatzen in der Klapsmühle waren. In meinem Bekanntenkreis hätte es theoretisch jeden zweiten treffen müssen, und was die Katzen angeht, mit denen Frau Hoffmann in der Drôme Umgang hat, so sind die alle meschugge.

»Was macht eigentlich die getigerte Sopranistin aus eurem Chor in der Drôme?« frage ich, mich vergewissernd.

»Die ist mit einem gestiefelten Kater an die Côte d'Azur gefahren.«

»Wo sie für die vielen ortansässigen Katzen einen Schnellimbiß aufmachen wollen, nicht wahr?«

Sie läßt ihren frisch beleckten Fuß fallen und sieht mich erstaunt an: »Woher weißt du das?«

»Weil das jede unzurechnungsfähige Katze will. Aber sie werden beide in der Klapsmühle landen, wo sie vor dem Gerichtsvollzieher sicher sind.«

Sie denkt lange nach. Dann fragt sie: »Könntest du ihm nicht bei uns Asyl gewähren?«

Ihm, hat sie gesagt. Was mit der Sopranistin geschieht, ist ihr egal. Als ich der Burgherrin von diesem Gespräch berichte, sagt sie nur: »Die Katze spinnt.«

Von großen Frauen und zu großen Männern

Sie sitzt in der Bibliothek auf der Lehne des hohen Sessels, in den ich mich zurückziehe, wenn ich nachsehe, ob sich Hermann und Dorothea am Ende kriegen oder Doppelselbstmord begehen. Früher waren die Beziehungskisten so zerbrechlich, daß es selten zu einem Happy-End reichte. Dort also sitzt Frau Hoffmann, und jetzt reckt sie sich noch nach der obersten Regalreihe, wo der Brockhaus steht.

»Suchst du was Bestimmtes?« frage ich leichthin. Wahrscheinlich hat sich da oben eine fesche Motte zum Winterschlaf zurückgezogen.

»Ich suche den Band mit ›K‹«, antwortet sie, als wäre es die selbstverständlichste Sache von der Welt, daß eine Hauskatze einen kiloschweren Band nach Informationen über Kafka durchsuchen will. Sie korrigiert meine Vermutung: »Was weißt du über Katharina die Große?«

»Die russische Zarin? Hm, nur das übliche.«

»Nun sag schon; was ist üblich bei russischen Zarinnen?«

»Daß sie ihren Mann umbringen ließen und überhaupt einen hohen Verbrauch an Männern hatten.«

 Frau Hoffmann schnurrt zufrieden, wie immer,

wenn sie von weiblicher Überlegenheit erfährt. »Kann man die Zarin mit Merkel vergleichen? Die hat doch auch einen hohen Verbrauch an Männern!«

Ich bin erleichtert, daß sie das Thema wechselt. Über die Gegenwart bin ich besser informiert als über Dinge, die nur im Lexikon zu finden sind. »Du meinst Merz, Stoiber und die anderen, die beim Koalieren auf der Strecke geblieben sind?«

»Nicht nur die. Auch Mayer, Kirchhoff und all die Rechenkünstler, die sich in Angela Merkel schwer verrechnet haben. Eines Tages wird man sie ebenfalls ›die Große‹ nennen, wie die russische Katharina.«

Ich merke schon seit Tagen, wie sie langsam zur Parteigängerin der Dame aus der Uckermark wird. Als Müntefering den Parteivorsitz räumte und Platzeck nachrückte, freute sie sich über diese »logische Reanimierung von Brüderlein und Schwesterlein«. Ob das nicht eher an Romeo und Julia erinnere, habe ich sie gefragt, was sie nach kurzer Überlegung mit »Nein, zuviel Sex im Spiel« ausschloß.

Später, nach einem Kurzschlaf auf der Fensterbank, kommt sie noch einmal auf die russische Zarin zurück. »Wie groß war Katharina wirklich? Wie Karl?«

»Welcher Karl?«

»Nun, Karl der Große.«

»Der ist schon über tausend Jahre tot. Damals waren die Menschen alle viel kleiner als heute.«

»Die Katzen auch?«

Die schlimmste Eigenschaft der Katzen ist ihre

Neugier. Sie fragen einen Löcher in den Bauch. Was weiß ich von der Katzengröße im Mittelalter? Wie groß der Ägypter Ramses war, ist wissenschaftlich gesichert, da er sich mumifizieren ließ. Aber wer mumifiziert schon Katzen? Beinahe hätte ich Frau Hoffmann jetzt gefragt, ob sie nach ihrem Tod mumifiziert werden will. Aber dann erscheint mir die Frage doch ziemlich taktlos. Nur Hunde sind Katzen gegenüber taktlos.

»Was hast du soeben gedacht?« fragt sie mißtrauisch. Hat wohl ihre Gene aktiviert, mit der sie Gedanken liest.

»Wie taktlos Hunde sein können, habe ich gedacht.« Mit dieser Ausflucht gibt sie sich erwartungsgemäß zufrieden.

»Kennst du sonst keine großen Frauen?« will sie nach einer Weile wissen, in der sie sich auf ihre Maniküre konzentrierte.

»Die Frau von Henry Kissinger war ziemlich groß. Aber ich habe sie nicht wirklich gekannt. Die einzige Riesin, die mir je über den Weg gelaufen ist, hieß ›Die große Sensation‹. Ich habe sie im Varieté gesehen. Ein befrackter Herr im Zylinder schob sie in eine schwarze Kiste und sägte sie in zwei Teile.«

Die Katze vergißt ihre Nagelpflege und starrt mich ungläubig an: »In zwei Teile?«

»Ja, dadurch wurde sie irgendwie kürzer. Denn als er sie aus der Kiste nahm, im übrigen völlig intakt, war sie nur noch so groß wie ... wie Frau Merkel.«

Frau Hoffmann denkt ungewöhnlich lange nach.

»Ich glaube nicht, daß die sich zersägen läßt.«

Eine Mausefalle für die Kultur

Sie liegt auf einem Packen Tageszeitungen, was immer ein Zeichen dafür ist, daß Frau Hoffmann sich die neuesten Informationen reingezogen hat. Kürzlich hat sie den Katalog von Manufactum in die Pfoten gekriegt und war ganz begeistert von den schönen, guten Dingen, die sie dort sah. Unbedingt wollte sie wissen, was, außer den teuren Handtuchhaltern, wir zu kaufen beabsichtigten. Ich wollte schon »Mausefalle« sagen, ohne zu wissen, ob man bei Manufactum überhaupt Mausefallen kaufen kann. Aber wahrscheinlich hätte es sie beleidigt. Mit einer Katze im Haus kauft man keine Mausefallen. Also sagte ich etwas wie: weiß noch nicht, hab ihn noch nicht richtig studiert, was sie befriedigt zur Kenntnis nahm. Später entdeckte ich, daß es keine Mausefallen gab, aber eine Stoffmaus, wie sie von humorbegabten Menschen unter die Hochzeitsgeschenke ihrer Freunde geschmuggelt wird. Frau Hoffmann hätte es mir sehr verübelt, wenn ich versucht hätte, ihr mit der Stoffmaus einen Schrecken einzujagen.

Heute hat sie anderes im Sinn: »Habt ihr nun einen oder nicht?« fragt sie gähnend.

»Haben wir wen?«

»Einen Kulturstaatsminister. Steht doch in allen Zeitungen: Der Mann muß her, so schnell wie möglich.«

Mir wird bewußt, daß sie mir wieder einmal voraus ist, was Informationen über die neue Regierung angeht. Ich habe mich nicht darum gekümmert. Um mein Desinteresse zu verbergen, frage ich forsch: »Wieso muß das denn ein Mann sein? Eine Frau kann das auch, wie wir gesehen haben.«

»Ach, Frauen! Was verstehen die schon von Kultur!«

»Na hör mal, das aus deiner Schnauze? Hast du nicht gesehen, wie die neue Kanzlerin in Bayreuth auf den Grünen Hügel gewandert ist?«

»In dem rosa Kleid, ja. Sah aus wie ein Teletubby. Was hat Bayreuth denn mit Kultur zu tun?«

»Alles! Es ist unser Mekka. Da pilgert man hin, um Kultur zu tanken.«

»Hast du da auch schon mal getankt?«

»Und ob, voll. Da war Super noch erschwinglich.«

Frau Hoffmann mag Wagner nicht besonders. Also gibt sie vor, einen Kurzschlaf zu halten. Ich sage beiläufig, aber so laut, daß sie es hören muß: »Amerikanische Wissenschaftler haben einem Leguan eine Sonde ins Gehirn gepflanzt, um herauszufinden, wie lange er wirklich schläft, wie lange er mit einem offenen Auge schläft oder nur vorgibt zu schlafen.«

Sie hält beide Augen geschlossen, als sie fragt: »Leguan? Ist das ein Kumpel von Dick Cheney und seinen Croneys von Haliburton?«

»Du solltest es besser wissen. Ein Leguan ist ein Verwandter von der goldgrünen Echse, die du in der Drôme nicht gekriegt hast.«

Da macht sie beide Augen weit auf und ist ganz wach. »Die in der Mauer am Parkplatz wohnt?«

»Genau die.«

Frau Hoffmann bedeckt ihre Augen mit einer Pfote und maunzt mitleidig. »Armes Tier. Hat nun keine Kinderchen mehr, die im Alter für sie sorgen können.«

Ich versage es mir, nach dem Grund ihres Jammers zu fragen. Die Natur unterscheidet nicht zwischen gut und böse, und Frau Hoffmann nicht zwischen Echsen und Mäusen, solange sie eßbar sind. Sie nimmt schnell ihr altes Thema wieder auf:

»Gehört das zu den Aufgaben eures Kulturstaatsministers, herauszufinden, wie lange jemand schläft? Im Theater, in der Oper und im Kino?«

»Im Prinzip ja. In der Praxis kommt noch das Schlafbedürfnis bei Gedenkfeiern hinzu sowie bei Ansprachen des Bundespräsidenten. Es wurden bereits Listen von Politikern aufgestellt, denen eine Sonde ins Hirn gepflanzt werden soll.«

»Und?«

»Ein Fehlschlag.«

Miezburger Zaubersprüche

Man könnte meinen, sie betreibe Yoga. Dabei ist es nur eine unter Katzen beliebte Stellung, die sie einnehmen, wenn Künstler in der Nähe sind. *Sich waschende Katze* heißt dann das Kunstwerk. Da sieht man ein unordentliches Bündel Fell, aus dem ein Bein steil in den Himmel ragt.

»Hast du aber schöne Beine!« habe ich ihr bei einer solchen Gelegenheit einmal gesagt, da hat sie mich angeglotzt wie einen Marsmenschen.

Frau Hoffmann hat vier Beine, soviel ist sicher. Aber sie benutzt sie sehr, sehr selten. Meistens liegt sie, weil sie schläft. Nicht ununterbrochen, aber doch sehr dauerhaft. Dazu braucht sie keine Beine. Wenn sie nicht schläft, sitzt sie und putzt sich oder guckt aus dem Fenster. Sodann kommt es vor, daß sie geht. Sie geht nie weit. Vom Schlafplatz zum Freßnapf, das kann, abhängig davon, wo sie in den Schlaf gefallen ist, für ihre Verhältnisse eine Langstrecke sein. Im Sommer, in der Drôme, treibt sie sich zwar stundenlang im Garten herum. Aber wenn wir nach ihr suchen, finden wir sie immer nur schlafend unter Büschen oder im Liegestuhl. Jetzt im Winter in der Burg rennt sie manchmal die Treppen runter, wenn jemand mit einem Sack Katzenfutter das Haus betritt.

Trotzdem ist es rätselhaft, wie die Redensart »Die Katze tritt die Treppe krumm« entstehen konnte. Ich warte auf den Tag, an dem sie das Treppengeländer runterrutscht.

»Das sind die Miezburger Zaubersprüche«, belehrt sie mich. »Die gehören zu den Mythen unseres Volkes. Wie bei euch der Koalitionsvertrag.«

»Darin steht aber nicht, daß jemand das Geländer runterrutscht.«

»Ach, und Stoiber? Wie ist denn der so schnell nach München gekommen?«

»Vielleicht hat er neuerdings Flügel. Er war ja in Rom beim Papst.«

»Oder hat Flügel bekommen, wie es sich für einen Truthahn gehört.«

»Wieso Truthahn?«

»Na, so sieht er doch aus und klingt auch so.«

»In Zeiten der Vogelgrippe ist es nicht klug, wie ein Truthahn auszusehen.«

»Es sei denn, man sitzt im Vorstand der Pharmaindustrie.«

»Gehört das auch zu euren Miezburger Zaubersprüchen?«

»Nein, es ist eine alltägliche Redensart. Wie ›Eine Maus in der Kralle schmeckt süßer als die in der Falle‹.«

»Na, das ist wohl Geschmacksache.«

»Keineswegs. Das gehört zur Kindererziehung.«

»Hat dir deine Mutter das beigebracht?«

»Natürlich. Von meinem Vater war nichts zu erwarten.«

»Wieso nicht?«

»Er war ein ungebildeter Streuner, der seine Frau und die drei Kinder nur besuchte, um ihnen das Kitekat wegzufressen.«

»Hat er sie auch geschlagen?«

»Klar. Wenn sie ihm unser Essen nicht geben wollte, gab's Prügel.«

So sind sie alle. Wahrscheinlich verprügeln sogar die Schmetterlinge ihre Frauen, wenn die den Honig nicht rausrücken.

»Gab es denn keine Katzen-Selbsthilfegruppen?«

»Nicht daß ich wüßte. Meine Mutter las oft – wenn sie nicht für uns auf die Pirsch ging – in einem Buch, das hieß *Der erste beste ist immer der schlechteste*. Sie jammerte dann: ›Ach, wenn ich das nur vorher gelesen hätte!‹«

Ich kann mein Mitgefühl nicht verbergen. »Haben es alle Katzen so schwer im Leben?«

»Im Prinzip ja. Aber es soll eine gegeben haben, die alle anderen Katzen aufgewiegelt hat. Sie hat Kurse gegeben, wie man einen Kater bei lebendigem Leib kastriert oder sich mit ihm in die Luft sprengt. Die hat dann eine Zeitschrift namens ›RatzKatz‹ gegründet. Dadurch wurde sie berühmt und korrupt. Sie soll über ein Dutzend heimliche Kinder haben.«

Verlorene Gene und andere Tücken

Wenn eine Katze marschieren kann, dann marschiert Frau Hoffmann in diesem Moment in mein Zimmer. Ihre Körpersprache drückt aus, daß sie »wild entschlossen« ist (aber aussehen tut sie wie ein liebes Kätzchen). Sie baut sich auf dem Teppich auf und fragt ohne Einleitung: »Bist du für oder gegen die Genforschung?«

Schwierige Frage. Einerseits, andererseits. In den Parlamenten wird darüber gestritten, die Wissenschaftler meistens dafür, der Vatikan dagegen.

»Solange es um genmanipulierte Nahrungsmittel geht …«, beginne ich zögernd, aber sie unterbricht mich rüde: »Du denkst immer nur an deine Pfannkuchen. Währenddessen haben Amerikaner eine folgenschwere Entdeckung gemacht: Entfernt man einer Maus nur ein einziges Gen, verwandelt sie sich in einen aggressiven Löwen!«

»Seit wann fürchtest du dich vor gedopten Mäusen?«

»Du hast wohl nicht zugehört? Aggressive Löwen! Du rennst doch schon, wenn Bettina mit ihren Doggen hier auftaucht.«

»Aber nicht so schnell wie du!«

»Du glaubst sogar an die Klimaveränderung.«

»Die wird ja nicht durch Genmanipulation ausgelöst. Es regnet einfach zuwenig in der Drôme.«

»Vielleicht ist euer Garten vertrocknet, weil irgend jemand der Drôme ein Gen weggenommen hat.«

»Pah, eher verwandelt sich die FDP in eine Umweltschutzpartei, sofern sie überhaupt noch alle Gene hat.«

Frau Hoffmann kratzt sich heftig hinterm rechten Ohr, sie denkt also nach.

»Was wird wohl aus einem aggressiven Löwen, wenn man ihm ein Gen entfernt?« fragt sie nach einer Weile.

»Ein wütender Elefant, was sonst?«

»Und aus einem wütenden Elefanten ...?«

»... wird zweifellos eine neugierige Katze.«

Sie überhört meinen Spott.

»Bist du überhaupt gegen wütende Elefanten versichert?«

»Nein, denn ich habe eine Katze, die macht aus jeder Maus einen Elefanten, und das ist den Versicherungen zu riskant.«

Jetzt reicht es ihr offenbar. Sie dreht schwanzzuckend ab und grollt: »Ich möchte gerne wissen, was dabei herauskommt, wenn sie dir ein Gen wegnehmen.»

Ja, das ist die Frage. Schröder machte eine große Fete, als er ohne Kanzlerschaft wach wurde. Stoiber brüllte in der gleichen Situation wie ein Löwe, ein Zeichen dafür, daß er vorher eine Maus war, während Angela Merkel lachte und lachte, weil sie ihn los war.

 »Deine Mäuse reagieren nicht alle gleich«, rufe

ich Frau Hoffmann nach, »in Australien kriegen sie Lungenentzündung, wenn sie genmanipulierte Erbsen essen. Deshalb hat man die Genversuche mit Erbsen eingestellt.«

»Wie kann man auch so blöd sein und Erbsen fressen!«

»Sei nicht so überheblich! Wahrscheinlich gibt es eine Menge vegetarischer Katzen auf der Welt.«

»Natürlich gibt es die«, faucht sie verärgert. »Es gibt auch schwule Katzen und Katzen, die mit Hunden zusammenleben, sowie Katzen, die sich stinkende Heringe aus der Mülltonne angeln. Glaubst du, nur ihr hättet gottverdammte Minderheiten, die sich an subventionierten Freßnäpfen breitmachen?«

Wen sie wohl meint? Berliner Theater und Museen? Oppositionelle auf der Suche nach einer Mehrheit? Oder den notleidenden DFB? Nein, für Fußball interessiert sie sich nicht. Fußball, hat sie einmal gesagt, ist was für dumme Hunde. Die rennen hinter jedem Ball her, und erst wenn sie ihn schließlich haben, merken sie, daß er ungenießbar ist. Daß sie als blutjunge Katze auch hinter jedem Wollknäuel hergelaufen ist, weiß sie nicht mehr. Auch Katzen verdrängen die Irrtümer ihrer Jugend.

Ohrfeigen auf Bahnsteig 3

Wenn man sich vorstellt, daß Frau Hoffmann zwanzig Stunden des Tages verschläft, könnte man denken, daß sie in den kurzen Wachzeiten nicht viel von den großen Fragen der Menschheit mitkriegt. Oder, da sie kein Mensch ist, sich in Fragen der Katzenwelt auskennt, auch wenn diese Fragen fast immer um ihr Lieblingsthema Brekkies und Kitekat kreisen.

Deshalb verblüfft sie mich immer wieder, wenn sie zu erkennen gibt, wie sehr gut sie informiert ist, sogar gebildet, wenn man die PISA-Studie als Maßstab nimmt. Kürzlich fragte sie mich nach dem Kantschen Imperativ, was mich ziemlich unvorbereitet traf. Ich kann mir ihre intellektuelle Neugier nur so erklären, daß sie sich während des Schlafens mit Wissen auflädt wie mein Handy, das ich abends an seine Ladestation hänge. Frau Hoffmann schläft nämlich oft und gerne auf Zeitungen.

Seit wann, wird der skeptische Leser fragen, kann man durch Zeitungslektüre mehr erfahren als Einzelheiten über gescheiterte Ehen unbedeutender Filmstars? Darauf muß ich antworten, daß diese Art von Zeitungen auf der Burg Hausverbot haben. Bei mir stapeln sich nur Intelligenzblätter, welche jeden Monat zusammengebunden und von einem Pferdestallbesitzer abgeholt werden. Der zerkleinert sie und mischt sie den Pferden unters Futter. Was zur Folge hat, daß die Besitzerinnen der Pferde hoch und heilig versichern, ihre Gäule seien wahnsinnig klug.

Frau Hoffmann, die die Wahl ihrer Schlafplätze dem Zufall überläßt, hat einmal wochenlang in einer Bücherkiste geschlafen. Danach war sie nicht zum Aushalten. Kaum wach, belämmerte sie mich mit Shakespeares Sonetten, hielt mir Goethes Weinkonsum und Thomas Manns Schwulität als abschreckende Beispiele vor Augen und zitierte Rilke bis zum Abwinken.

»Was bedeutet dieser Streit um den neuen Berliner Bahnhof?« fragt sie, meine Siesta beendend, indem sie mir auf den Bauch hopst.

»Die Berliner können kein Haus bauen, ohne sich darüber zu streiten«, sage ich und suche etwas gegen den Nachdurst.

»Aber warum streiten sie?«

Weil sie ein streitlustiges Völkchen sind, möchte ich antworten, fürchte aber weitere Nachfragen, die mich an der Wassersuche hindern könnten. Statt dessen brumme ich unwillig, stehe auf und bewege mich in Richtung Kühlschrank. Der ist groß und alt und heißt Bosch. Gott sei Dank kann er nicht sprechen. Frau Hoffmann ist mir auf den Fersen und läßt nicht locker: »Was haben sie denn gegen den Bahnhof?«

»Ich weiß es nicht«, sage ich und greife nach einer Flasche Mineralwasser. Das Zeug ist kalt und schmeckt köstlich. »Berliner sind dafür bekannt, daß sie immer etwas zu meckern haben. Sie meckern, wenn andere Berliner das Schloß wiederaufbauen oder den Palast der Republik abreißen wollen.«

»Wollen sie jetzt den Bahnhof wieder abreißen?«

»Ich weiß nicht« (die Flasche ist jetzt halbleer), »vielleicht wollen sie bloß darauf aufmerksam machen, daß sie einen neuen Bahnhof haben. Manche Leute tun alles, um nur in die Schlagzeilen zu kommen.«

»Kommt man mit einem Bahnhof in die Schlagzeilen?«

»Aber klaro! Man muß nur ein unbedeutender Filmstar sein und den Mann auf Bahnsteig 3 ohrfeigen.«

»Welchen Mann?«

»Den eigenen, natürlich. Das interessiert mehr Leute, als in einem Monat mit dem Zug fahren.«

Frau Hoffmann nagt an ihrer linken Pfote. Dann sagt sie scharfsinnig: »Also wollen sie den Bahnsteig 3 an dem neuen Bahnhof abreißen, nicht wahr?«

»Abreißen oder ausbauen; was weiß ich. Herrn Mehdorns Ratschlüsse sind unergründlich.«

»Ist das der Mann, der geohrfeigt wird?«

Verdient hätte er es, denke ich und erinnere mich an skandalöse Verspätungen. Aber der hat bestimmt keinen Filmstar geheiratet. Doch jetzt will er nach Hamburg. Wer weiß, was da auf ihn wartet.

Miss Wirtschaft und die »Paris Bar«

Ich lese Zeitung. Frau Hoffmann schläft.

»Ist es die Möglichkeit!« rufe ich.

»Was ist passiert?« fragt Frau Hoffmann, die, auch wenn sie schläft, stets ein offenes Ohr für ihre Mitmenschen hat.

»Hier steht's«, informiere ich sie und kann es immer noch nicht fassen, »die ›Paris Bar‹ ist pleite.«

»Wer war die ›Paris Bar‹?«

Ist es nicht fabelhaft, wie diese Katze sich blitzschnell auf eine neue Situation einstellen kann? Ich berichte ihr von einer Pleite, und sie fragt zurück in der Vergangenheitsform. So ähnlich würde sie wahrscheinlich reagieren, wenn ich ihr von Schröder und seinem alten Kabinett erzählte. Wer war Schröder? Sic transit gloria mundi, würde sie anmerken, wenn sie denn den Büchmann mit seinem Zitatenschatz gelesen hätte.

»Die ›Paris Bar‹«, übernehme ich jetzt den Part des Fremdenführers, »ist, beziehungsweise war, ein Symbol für Westberlin. Über vierzig Jahre haben dort Künstler, Journalisten und schräge Typen Tag für Tag gesessen und gewußt, daß sie im Mittelpunkt von Berlin saßen. Damals bestand Berlin nur aus der Westhälfte. Die Mitte, in der du mit uns gewohnt hast, war in Wirklichkeit der Osten, wo niemand gerne saß, der wichtig war oder sich wichtig vorkam.«

»Aber heute sitzen doch die Wichtigen alle im Osten.«

»Irrtum. Dort kommen sie her. Heute sitzen sie in Mitte.«

»Warum bist du nicht wichtig? Wo wir doch schon mal in Mitte gewohnt haben ...«

»Man nennt das Schicksal. Zur falschen Zeit am falschen Ort.« Katzen glauben nicht an Dinge wie Schicksal. Sie sind materialistisch bis zum letzten Brekkie. Deshalb fragt sie: »Und warum ist sie pleite, die ›Paris Bar‹?«

»Ein Rätsel. Sie war immer gut besucht, jahrzehntelang. Wenn davon kein Kapital übrigbleibt, dann nennt man das Mißwirtschaft.«

Sie ist unschlüssig, ob sie ihrem Freßnapf einen kurzen Besuch abstatten soll. Bleibt aber und widmet sich erneut der Berliner Insolvenz: »Ich erinnere mich. Einmal seid ihr von der ›Paris Bar‹ nach Hause gekommen, und du hast geschimpft: Mistwirtschaft.«

»Wahrscheinlich habe ich Mißwirtschaft gesagt.«

»Wo ist der Unterschied?«

»Du hast recht. Um dem Wort eine andere Bedeutung zu geben, muß man schon Miß Wirtschaft sagen.«

»Ist das Angela Merkels neuer Titel?«

»Nein, nein. Die wäre bestenfalls Miß Uckermark.«

 »War sie je in der ›Paris Bar‹?«

»Nicht daß ich wüßte.«

»Schade. Man könnte eine Plakette am Haus anbringen.«

Mir fällt eine Parallele ein: »In Wien gibt es eine Bar, die heißt Gutruf. Eine Stammkneipe für viele Künstler, Journalisten und schräge Vögel. Als die pleite ging, haben fünf Stammgäste ihre ersparten Schillinge zusammengekratzt und den Laden gekauft.«

Frau Hoffmann, die sich inzwischen putzwütig auf ihren buschigen Schwanz gestürzt hat, blickt auf: »Was willst du damit sagen? Sollen die Gäste der ›Paris Bar‹ ihre Ersparnisse zusammenlegen und den Laden kaufen?«

»Warum nicht? Koalition ist Koalition. Wenn die Bundeskanzlerin Mitbesitzer einer Kneipe wäre, ginge vielleicht endlich ein Ruck durch Deutschland ...«

»Du meinst, sie sitzt den ganzen Tag an der Kasse?«

»Warum nicht? Vom Kanzleramt zur Kantstraße ist es nicht so weit.«

»Was hat die Kantstraße damit zu tun? Kant schrieb doch die Songtexte für diesen Bach, soviel ich weiß.«

Gut, daß sie nicht Grönemeyer gesagt hat. Dann würde auffallen, daß sie von Musik nicht viel versteht. (Obwohl sie sich für eine vorzügliche Sängerin hält. Wir haben sie einmal bei einem ihrer sommernächtlichen Konzerte belauscht. Es war schrecklich und deprimierend.)

Sie bleibt beim Thema Musik: »Hatten sie in der ›Paris Bar‹ auch einen Barpianisten?«

»Als Gast bestimmt. Aber spielen hören habe ich dort niemanden.«

»Vielleicht hatten sie kein Klavier in der ›Paris Bar‹.«

Genau das ist es! Wahrscheinlich haben sie auch kein Klavier im Kanzleramt.

Schnurrender Spion

»Ihr habt wirklich kluge Leute in eurem Regierungshaus«, sagt Frau Hoffmann, als ich den Fernseher abschalte.

»Du meinst im Parlament?«

Sie nickt nur, da sie die Schnauze voll Haare hat, die sie sich gerade mühsam aus dem Winterpelz gezupft hat.

»Meinst du jemand bestimmten?«

Sie nickt, schluckt und sagt: »Der Mahles.«

Ich überlege. Ich weiß von keinem Mahles. Ich kenne nur Frau Nahles von der SPD, die ihre Partei so durcheinandergebracht hat. Ich bitte um Einzelheiten: »Wie sieht er denn aus, dein Mahles?«

»Er hat eine sehr hohe Stirn und sitzt da, wo die SPD-Bonzen sitzen. Außerdem heißt er nicht Mahles, sondern Nahles.«

»Aber Nahles ist doch kein Mann, sondern eine Frau«, wundere ich mich. Sie wundert sich auch. »Aber sie ist sehr intelligent!«

»Ja, das soll es geben. Woran erkennst du denn die Intelligenz von Politikerinnen?«

»Am Vakuum«, antwortet Frau Hoffmann und bearbeitet ihren Winterpelz an einer anderen Stelle.

Soso, am Vakuum. Vakuum ist ein luftleerer

Raum, der entsteht, wenn etwas vakuumiert wird. Hühnerleber zum Beispiel oder Leberknödel. Aber während sie Hühnerleber wahnsinnig gern frißt, verabscheut sie Leberknödel. Zuviel Schweineleber drin, nehme ich an.

»Und warum glaubst du, daß Frau Nahles intelligent ist?« frage ich nach einer angemessenen Pause, in der sie mit ihrer Garderobe beschäftigt ist.

»Sie sieht, wo ein Vakuum ist.«

Ob die Abgeordnete in den Sitzungspausen Leberknödel ißt?

»Und wo hat sie eins gesehen?«

»Neben Frau Merkel. Gestern. Stand heute in der Zeitung.«

»Und was war drin im Vakuum?«

»Nichts, natürlich. Ein Vakuum ist leer, keine Luft, nichts.«

Ich will das Gespräch nicht auf Hühnerlebern oder die Knödel bringen und belasse es bei ihrer Definition. Es geschieht nicht oft, daß ein Mitglied des Bundestags in diesem Haus als intelligent beschrieben wird. Katzen urteilen sogar besonders kritisch. Nur wenn die Kamera jemanden erwischt, der sich beim Gähnen nicht die Hand vor den Mund hält, sagt Frau Hoffmann nichts. Sie gähnt selber ständig und reißt dabei ungeniert die Schnauze auf. Ich muß ihr mal den Knigge neben den Freßnapf legen.

»Was bedeutet es, wenn jemand neben Frau Merkel ein Vakuum sieht?«

»Delirium tremens, Fata Morgana, Geisterseher, Wunschdenken, Depression, Spiritismus –

alles ist möglich. Die Phantasie ist eines der schönsten Geschenke der Schöpfung an den Menschen.«

»Glaubst du etwa, wir Katzen hätten keine Phantasie?«

»Nun ja, du träumst recht lebhaft, wie ich beobachtet habe.«

»Hat vielleicht auch der Herr – die Frau Nahles phantasiert, als sie das Vakuum sah?«

Ihr Interesse für das Vorstandsmitglied der SPD ist ungewöhnlich für eine parteilose Katze französischer Herkunft.

Ich werde neugierig: »Wer hat euch Katzen eigentlich die Phantasie geschenkt?«

Wie zum Denkmal erstarrt, hält sie abrupt inne mit ihrer Pelzpflege. Sie beobachtet mich lauernd, während sie den Namen nennt: »Otto Schily.«

Wahrscheinlich hat sie wieder einmal meine Gedanken gelesen.

Jetzt gilt es nur zu erfahren, ob taktischer Bekennermut sie zu ihrem Geständnis treibt, oder ob sie sich über mich lustig macht.

»Und womit bedankst du dich bei ihm für das Geschenk?«

»Ich mich bei ihm? Von wegen: er bedankt sich bei mir.«

»Dafür, daß du den linken Flügel der SPD ausspionierst?«

»Eine Dame kann galanten Geschenken manchmal schwer widerstehen«, sagt sie kokett und streicht sich den Schnurrbart.

Wie ich diese Dame kenne, handelt es sich bei dem galanten Geschenk um Hühnerlebern.

Wahrscheinlich vakuumiert und auf Vogelgrippe untersucht, hoffe ich. Es wäre beschämend, wenn sich Frau Hoffmann für weniger an unseren Nachrichtendienst verkauft hätte.

Sparen und trotzdem feiern

Wenn ich Frau Hoffmann beobachtete, wie sie zur Fensterbank hochschaute, bewunderte ich ihre Vorsicht, mit der sie vor dem Sprung Maß nahm. So jedenfalls deutete ich ihre Bewegungslosigkeit, bevor sie sprang. Heute weiß ich es besser. Die Fensterbank ist ihr zu hoch, der Sprung unbequem, und sie wägt nicht seine Gefährlichkeit ab, sondern das Verhältnis zwischen Anstrengung und Gemütlichkeit. Denn oben liegt ein Kissen direkt neben den Austrittschlitzen der Heizung. Ihr Lieblingsplatz.

Sie sitzt bereits oben, als ich ins Zimmer komme.

»Erinnerst du dich noch an Berlin?« frage ich sie.

»Und ob! Es gab dort eine Fußbodenheizung, die war echt …«

Sie hält inne. Ich nehme an, sie will die Heizung als echt cool loben, merkt aber, daß sie damit ein Oxymoron bilden würde. Also beendet sie ihre Hymne an Berlin mit dem matten Begriff: »… angenehm.«

»Weißt du, wer in das Haus einziehen wird?«

»In das mit der Fußbodenheizung? Wo sie die ganze Zeit gegraben und nichts gefunden haben?«

»Sie haben nichts gesucht, sondern steinerne Blöcke in die Erde gepflanzt.«

»Ob die angehen? In der Drôme hast du auch Bäume gepflanzt. Die sind fast alle vertrocknet.«

»Das liegt am Klimawechsel.«

»Regnet es dort weniger als hier?«

»Ja«, sage ich und erkläre ihr das ganze Elend mit den Abgasen, dem Golfstrom, den Hurrikans. Aber ihr ist das zu weit weg. Deshalb unterbricht sie mich.

»Was war da mit unserem Haus in Berlin?«

»Ja, rat mal, wer da wohnen wird!«

»Na, wer schon? Ist es Frau Merkel, der das Kanzleramt nicht gefällt?«

»Fast richtig! Es ist ihr Vorgänger, Ex-Kanzler Schröder.«

»Ich dachte, der wohnt jetzt in Rußland, bei der Gasleitung.«

»Bestimmt nicht. Dann hätte er auf der Krim Russisch gelernt und nicht Englisch in Wales.«

»Krim? Ist das eine Abkürzung für Kriemhild?«

»Auf der Kriemhild kann man nur Deutsch lernen, und das kann er schon.«

Sie überlegt lange. Kann auch sein, daß sie einen Kurzschlaf hält. »In Berlin ist viel los, nicht wahr?«

»Wie man's nimmt. Die Stadt ist verschuldet und bereitet sich auf Fußballfeste vor.«

»Gewinnt Hertha etwa die Weltmeisterschaft?«

»Unwahrscheinlich. Die Berliner feiern einfach gerne.«

»Ist das auch eine preußische Tradition?«

»Um Gottes willen! Wenn beim Alten Fritz gefeiert wurde, dann blies er auf der Flöte, so sparsam sind die Preußen.«

»Und trotzdem verschuldet?«

»Das fällt unter ›Deutsche Tüchtigkeit‹.«

»Was gehört noch dazu? Flötespielen?«

»Nein. Trommeln ist beliebter. Und Gesang.«

»Ja, ich weiß. Die Callas in Bayreuth.«

»Sie war Italienerin und nie in Bayreuth. Aber wir hatten mal einen Bundespräsidenten, der sang ›Hoch auf dem gelben Wagen‹.«

»Ist er da raufgeklettert? Auf ein Postauto?«

»Da müßte ich im Museum für deutsche Geschichte nachsehen. Dort sollte es ausgestellt sein, neben dem Mantel von Helmut Kohl.«

»Ist da auch was von dir ausgestellt?«

Da Frau Hoffmann zur Ironie nicht fähig ist, meint sie das ernst. Ob sie enttäuscht ist, wenn ich gestehe, daß in Marbach nicht einmal ein Einkaufszettel von mir liegt? Ich wechsle das Thema.

»Ich weiß ja, daß du dich nicht für Fußball interessierst. Aber ...«

»Ein Hundespiel«, unterbricht sie mich. »Einem Ball hinterherrennen, das ist was für Hunde!«

»Dann wird es dich interessieren, daß der Berliner Funkturm in einen riesigen Fußball verwandelt wird. Als Wahrzeichen der Weltmeisterschaft.«

»Wie kann man einen Turm in einen Ball verwandeln? Wird er aufgeblasen?«

»Was sonst? Von Herrn Beckenbauer persönlich.«

»Wer ist das nun wieder?«

»Ein Aufgeblasener. Wie die anderen auch.«

Frau Hoffmann sagt nichts. Vielleicht stellt sie sich vor, wer die anderen sein könnten. Ich lasse ihr Zeit. Der Tag ist noch lang.

Alle Macht den Katzen

Katzen lachen selten. Den vielen Komplimenten, die man ihnen macht (»ist sie nicht süß?«), setzen sie eine gespielte Ernsthaftigkeit entgegen, die sie höchstens mal für ein amüsiertes Schmunzeln aufgeben. Doch manchmal lacht Frau Hoffmann. Das ist dann ein haarsträubendes Grinsen, wie es Lewis Carroll bei Hoffmanns Urgroßmutter, der Cheshire Cat, beschrieben hat. Verstärkt wird ihre unverschämte Grimasse durch den Umstand, daß es in dieser Burg viele dicke Balken gibt. Jetzt sitzt sie da oben auf einem und grinst auf mich herab.

»Wie ich sehe, sind wir heute bester Stimmung«, sage ich leutselig wie der Alte Fritz nach der Schlacht von Kolin zum General von Zieten.

»Kein Wunder, bei solchen Neuigkeiten«, sagte sie, immer noch grinsend.

»Nun sag schon! Was ist es?«

»Der Katzenstaat kommt.«

»Wer sagt das?«

Jetzt wird sie wieder ernst, obwohl ich in ihren Augen ein triumphales Feuer leuchten zu sehen glaube.

»Alle haben es gesagt! Cheney und Rumsfeld haben es gesagt, Stephen Hadley und Eric Edelmann sind derselben Meinung.«

Sie redet, als habe sie erst gestern mit der US-Administration Cocktails getrunken. »Noch jemand?«

»Bush natürlich! Auch der Präsident hat versichert, daß sie das Catsiphat errichten wollen!«

»Wieso? Regiert im Weißen Haus wieder eine Katze?«

»Nein, nicht er will das Catsiphat. Sondern Al-Qaida. Sie wollen den Katzenstaat von Indonesien bis Spanien errichten! Wie damals im 7. Jahrhundert.«

Ob ihr das Lachen vergeht, wenn ich ihr sage, daß sie etwas mißverstanden hat? Nicht vom Catsiphat reden Bush & Company, sondern vom Kalifat, dem Reich des Kalifen. Striktes Alkoholverbot und kein MTV mehr, wer Bikinis trägt, wird gesteinigt, und aus Katzen machen sie Saiten für ihre Banjos.

»Ich bin nicht sicher, daß du davon profitieren würdest«, deute ich meine Skepsis an. »Es waren Ägypter, welche Katzen verehrten, nicht die Taliban.«

Frau Hoffmann macht sich absprungbereit.

»In einem Katzenstaat gibt es keine Hunde, und die Brekkies werden subventioniert.«

»Und was ist mit den Mäusen?«

»Was soll schon sein mit den Mäusen? Die Einreise wird ihnen erleichtert, sie kriegen eine Daueraufenthaltserlaubnis, und ihre Kinder haben täglich schulfrei.«

»So lernen sie aber nichts!«

Frau Hoffmann springt. Ziemlich elegant und punktgenau aufs Sofa. Dann muß sie sich erst einmal den vom Gegenwind gekräuselten Pelz kämmen, bevor sie unsere Unterhaltung fortsetzt: »Was soll eine Maus schon lernen? Wie man Fallen umgeht? Meinetwegen. Hauptsache, sie integrieren sich in meinen Speiseplan.«

Um Frau Hoffmanns hübsche Nase erkenne ich ein unterdrücktes Schmunzeln und stelle fest, daß die Vorstellungen von Katzen und Innenministern nicht weit auseinanderliegen.

»Seit dem Jahr 700 ist viel Zeit vergangen«, warne ich sie. »Wer weiß, wie Al-Qaida und die anderen Katzenfreunde heute über einen modernen Staat denken!«

»Das ist doch egal. Wenn sie nur die Hunde ausweisen.«

»Wo sollen die denn hin?«

»Nach China, natürlich. Die CIA hat eine gutfunktionierende Fluglinie zu Wochenmärkten, auf denen Hunde als Sonntagsbraten feilgeboten werden.«

Mag ja sein. Andere Länder, andere Sitten, hieß es früher bei Schilderungen aus Bayern.

»Oder nach Guantanamo!« maunzt die Hoffmann, schon merklich desinteressiert am Thema, »Hauptsache, sie sind weg.«

Das denken viele meiner Manager-Freunde genauso. Nur meinen sie damit nicht Hunde, sondern ihre Fabriken, die sie nach Polen verlegen. Wat dem einen sin Uhl is dem andern sin Nachtigall, sagen sie dazu. Was Frau Hoffmann nur ein leichtes Lächeln entlockt. Sie hat ja eine lebenslange Anstellung.

Alles für die Kröt'!

»Es muß am Wetter liegen«, sagt sie, als ich ihr vorwerfe, daß sie ihren Dauerschlaf nur noch unterbricht, um zu fressen. Ihre Erklärung verstehe ich gut. Auch mich überfällt bei diesem Wetter die Schlafsucht so vehement, daß ich es nicht mal höre, wenn mir das Buch polternd aus der Hand fällt. Vielleicht bin ich auch halbtaub; aber daß Frau Hoffmann, die über mir auf der Fensterbank liegt, es auch nicht hört, spricht eher fürs Wetter.

»In den Mittelgebirgen soll es schneien«, wiederholt sie, was sie soeben im Fernsehen gehört hat. »Ist es das, was du die Klimakatastrophe nennst?«

»Wahrscheinlich«, antworte ich, »ist es das Ozonloch. Das hat Auswirkungen auch auf Wetterfrösche.«

»Ich mag keine Frösche, das solltest du wissen.« In ihrer Stimme klingt Ekel mit.

Tatsächlich kenne ich lediglich ihren Widerwillen gegen Kröten. In der Drôme wohnt eine in der Nähe des Hauses; nachts hören wir, wie sie ein kleines Glöckchen erklingen läßt. Wenn Frau Hoffmann auf sie stößt, macht sie einen Buckel und verzieht sich auf der Stelle.

»Auswirkungen auch auf das Investitionsklima«, fügt sie naseweis hinzu.

»Wie kommst du denn da drauf?«

»Das sagen sie doch im Radio jeden Tag. Ob Überschwemmungen die Inseln fressen, die Eisenbahner streiken oder Schulkinder durch die Luft fliegen, es ist alles schlecht für das Investitionsklima.«

»Wobei manches übertrieben sein wird, wie deine Schulkinder, bei denen es sich wohl um vergrippte Zugvögel handelt.«

Wie immer, wenn ich ihr einen Versprecher nachweise, ist sie zuerst etwas beleidigt. Also sagt sie nichts und putzt sich.

»Und woran«, fragt sie schließlich, »erkennt man ein Investitionsklima?«

»Daran, daß es von Experten so genannt wird.«

»Experten wie Kachelmann?«

»Eher von Leuten wie Westerwelle.«

»Versteht der auch was vom Wetter?«

»Was heißt ›auch‹? Er ist der Mensch gewordene Wetterfrosch. Treppe rauf, Treppe runter, immer ein paar Stunden zu spät, aber ungeheuer beweglich. Nur grün ist er nicht.«

»Was macht eigentlich mein Freund Joschka?«

Daß der Altaußenminister ihr Freund ist, wußte ich nicht. Ich habe auch keine Ahnung, in welchem Vorstand er heute sitzt. »Vielleicht hat er eine Mokka-Stube im Bazar von Beirut eröffnet.«

»In Beirut gibt es viele Katzen«, sagt Frau Hoffmann versonnen.

»Woher willst du das wissen?«

»Man hat so seine Informationen«, maunzt sie und rollt sich zusammen.

Angeberin! Was kann sie schon über Beirut wissen? Aus dem Vorderen Orient kriegt sie weder Mails noch Ansichtskarten. Die Brieffreundin, mit der sie regelmäßig korrespondiert, wohnt in Australien. Es ist ein Känguruh. Das stand eines Tages in unserer Berliner Wohnung vor der Tür und sammelte für den Tierschutz. Frau Hoffmann lud sie spontan zu einem Teller Milch ein, den die junge Wildlife-Aktivistin sauberleckte und in ihrem Beutel verschwinden ließ. Er war aus der Tukan-Serie von Hermès. Das paßte irgendwie zusammen.

Ich versuche, ihre nächste Schlafetappe hinauszuzögern:

»Wie ist denn das Wetter in Beirut?«

Frau Hoffmann stöhnt wohlig und legt eine Pfote über ihre Augen. Ich taste nach dem Buch, das unter die Liege gefallen war. Es ist dick und schwer, wie sein Autor. Der heißt Helmut Kohl. Ich suche die Stelle, an der ich eingeschlafen war. Ob er beschreibt, welchen Vorstandsjob seine Geldspender ihm zugeschustert haben? Ich habe das Gefühl, daß ich es nie erfahren werde. Ein Gähnkrampf zerreißt mir fast den Kiefer.

Katzen würden Merkel wählen

»Diese neue Kanzlerin wird mir immer sympathischer«, sagt Frau Hoffmann und leckt sich die Schnauze. Sie sagt es, wie Curd Jürgens es als Oberst über seinen Mitflüchtling ausdrückte: »Mehr und mehr gefällt mir dieser Jakubowski.« Vielleicht hat er in dem Film *Jakobowsky und der Oberst* auch *miß*fällt gesagt. Es ging viel durcheinander damals, als sich das ungleiche Paar auf der Flucht vor den Nazis traf.

Bei Frau Hoffmann ist es eindeutig Sympathie für die zweibeinige Geschlechtsgenossin.

»Und was hat dich zu dieser Meinungsänderung bewogen? Anfangs war sie doch gar nicht dein Fall.«

»Das war, bevor ich ABC gelesen habe.«

»ABC? Seit wann liest du spanische Zeitungen?«

Sie rümpft die rosa Nase und bügelt ihren Pelzkragen: »Ich lese nicht, ich lasse lesen.«

Also handelt es sich wohl um die Presseschau im Radio. Ich warte geduldig.

»Dort haben sie nämlich geschrieben«, fährt sie fort und gibt ihrem Pelz einen letzten feuchten Strich, »daß sie ein graues Mäuslein sei.«

»Das meinen auch hier viele Leute. Sie wagen es nur nicht zu schreiben.«

»Wieso nicht? Ist doch ein Kompliment!«

»Ja, in den Augen einer Katze.«

»Wär es dir lieber, sie wäre ein grauer Esel?«

»Nein. Übrigens ist der Posten schon besetzt.«

»Auch mit einer Frau?«

»Öhöh, so viele haben wir nicht davon. Obwohl …« Mir fällt Alice Schwarzer ein. Aber für die interessiert sich bereits Harald Schmidt, das genügt.

»Was hast du also Neues an der Hohen Frau entdeckt, daß sie dir immer sympathischer wird?«

»Das fragst du noch?« staunt Frau Hoffmann, streicht sich den Schnurrbart und klärt mich auf: »Wenn jemand als graues Mäuslein enttarnt wird, begeistert mich das automatisch.«

So ist das bei uns. Gebt Katzen das Wahlrecht, und Angela Merkel bleibt Bundeskanzlerin ihr Leben lang.

Daß Frau Hoffmann berechnend ist und nur zwei Dinge wirklich wichtig findet, ist in diesem Haus bekannt. Diese Dinge sind ihr Fressen und ein weiches Kissen an einem warmen Platz. Da macht man sich die Mühe, ihr die ernsten Fragen des Lebens nahezubringen, also Geschichte, die Künste, die Literatur, den Unterschied zwischen Enten- und Gänsestopfleber sowie den zwischen Chardonnay und Viognier, und sie hört auch scheinbar interessiert zu, aber kaum läuft mal eine graue Kirchenmaus durchs Gemäuer, saust sie zähnefletschend hinterher.

Als der Weihnachtsmann für die versammelten Enkel ein Paket Comics vom Schlitten warf, hat sie sich sofort die Hefte mit der Micky Maus unter die Kralle gerissen und den Dreijährigen, der sie auch haben wollte, böse angefaucht. Als ich ihr deswegen Vorhaltungen machte, sagte sie eiskalt:

»So weit kommt es noch, daß verwöhnte und überfettete Gören vorgeben, sich für Mäuse zu interessieren, während unsereins auf seinem Teller nur eine Gummimaus findet, für die ihr auch noch Dank erwartet!«

Ich gebe ja zu, daß der Kleine – ist es der Erwin oder Wolfi oder Benni? – sich nicht länger als drei Heftseiten konzentrieren kann und danach den nächsten Fernsehapparat ansteuert; aber verfettet sind sie eigentlich alle nicht. Unvorteilhaft gekleidet, das ja, mit ihren kiloschweren Windeln. Frau Hoffmann steckte an den Tagen des Besuchs die Nase immer erst vorsichtig durch die Tür, bevor sie ein Zimmer betrat. Die tolpatschigen Zärtlichkeiten eines dreijährigen Kindes sind nicht nach ihrem Geschmack.

Was die Gummimaus angeht, so wollten wir sie tatsächlich zuerst Angela nennen. Aber da wir schon damals nicht der Meinung von ABC waren und die Farbe Grau uns nicht zur Identifikation reichte, beließen wir es bei einem freundlichen »Mausi«. Wer weiß, vielleicht wächst dieser Name ja mit einem anderen zusammen, wie West und Ost zusammengewachsen sind.

Schokolade vor die Hunde

Es gibt Kaffeekannen in Form einer sitzenden Katze. Die Kannengießer müssen sich Frau Hoffmann als Modell gewählt haben. Denn wenn sie, wie jetzt, kerzengerade auf dem Teppich sitzt, regungslos und mich aufmerksam fixierend, gleicht sie einer dieser schwarzweißen Kaffeekannen, die auf Flohmärkten leben. In dieser Stellung verharrt sie häufig, wie jemand, der einem Maler Modell sitzt. Die Sitzung beendet sie immer mit einer Frage, an deren Formulierung sie in ihrer meditativen Starre intensiv gearbeitet hat. Kann auch sein, sie hat sitzend geschlafen. Jedenfalls hat sie ihre Frage fertig, als sie die Schnauze öffnet: »Wieviel sind 20 Gramm?«

Ich muß an dieser Stelle gestehen, daß ihre Kenntnis von Zahlen, Mengen und Maßen gering ist. Sosehr wir das Niveau ihrer Allgemeinbildung bewundern, mit Mathematik hat Frau Hoffmann nichts am Henkel. Deshalb antworte ich kurz und bündig: »20 Gramm sind zweimal 10 Gramm.«

Das sagt ihr erwartungsgemäß wenig. Also hakt sie nach: »Und 20 Gramm Schokolade?«

»Wieso Schokolade? Du magst doch keine Schokolade.«

»Ich nicht. Aber Hunde mögen sie.«

»Ja, und Pferde auch. Und Eichhörnchen und Affen und Schweine und Ratten. Schokolade scheint die Lieblingsdroge vieler Tiere zu sein.« Menschen erwähne ich erst gar nicht. Weihnachten ist gerade erst vorbei, und Frau Hoffmann dürfte selber gesehen haben, wie verrückt junge und alte Menschen auf Schokolade sind. Aber ich bin neugierig geworden.

»Was ist mit den 20 Gramm? Meinst du 20 Gramm Schokolade?«

Sie grinst bejahend und bewegt sich jetzt zum ersten Mal, indem sie mit der linken Pfote über ihren Schnurrbart streicht.

»20 Gramm genügen, um einen kleinen Hund umzubringen«, schnurrt sie gutgelaunt.

Ich bin verblüfft. »Wer sagt das?«

»Das stand in der *Süddeutschen Zeitung*. Die Schokolade muß aber bitter sein, und möglicherweise braucht man dafür auch 30 Gramm.«

»Für einen kleinen Wauwau? Kennst du noch andere Rezepte dieser Art?« frage ich erschüttert.

»Leider nicht«, antwortet sie ernsthaft. »Deshalb möchte ich gern wissen, wieviel Schokolade man braucht, um große Hunde umzubringen.«

Da diskutieren besorgte Gutmenschen darüber, ob man Videospiele für Kinder verbieten soll, und gleichzeitig geben überregionale Zeitungen Anweisungen, wie man unsere bellenden Mitbürger umbringen kann.

Wenn ich es genau überlege, dürfte es allerdings schwierig sein, einem Hund eine so bittere Schokolade schmackhaft zu machen, wie sie zur Zeit in

Mode ist. Eher trinkt Frau Hoffmann Lebertran, als daß der Fifi des Nachbarn Schokolade mit einem 80prozentigen Kakaoanteil schluckt.

»Mach dir keine Hoffnung«, sage ich deshalb. »Deine vierbeinigen Feinde werden noch bellen, wenn die Menschheit das Interesse an Bitterschokolade längst verloren hat.«

»Nicht wahr«, sagt sie nach einer gedankenvollen Pause, »immer die gleiche Sorte Brekkies würdest du auch nicht mögen, oder?«

»Nein, würde ich nicht«, stimme ich zu und nehme mir vor, ihr morgen eine neue Sorte zu besorgen.

»Gibt es denn kein anderes Mittel, mit dem man die kläffende Bande zum Schweigen bringen kann?«

»In Hameln gab es vor vielen Jahren einen Mann, der hat die Stadt von der Rattenplage befreit«, beginne ich. Aber Frau Hoffmann winkt ab.

»Vor vielen Jahren haben wir mal in Berlin gewohnt. Und was habe ich heute davon? Ich sitze hier auf dieser alten Burg, und wenn ich zum Fenster hinausblicke, was sehe ich? Tausend neue Häuser, und in jedem Haus wohnt ein Hund. Also laß mich mit dem Schokoladenverkäufer von damals in Ruhe.«

Eine interessante Idee, daß in Hameln ein Schokoladenverkäufer am Werk gewesen sein könnte. Wer weiß, ob nicht auch an anderen Orten ...?

»So lange ist das nun wieder nicht her. Und was glaubst du denn, was du vom Fenster aus sehen würdest, wenn wir in Berlin wohnten?«

Vorsätze statt Böller

Wenn mich früher der Kinderarzt in die Finger kriegte, befahl er mir, den Mund aufzumachen, drückte mir einen rauhen Holzspatel auf die Zunge und brüllte »Sag aaaaah!« Ich röchelte, versuchte das widerliche Holz wegzuschieben und gab ein Geräusch von mir wie eine leerlaufende Badewanne.

Frau Hoffmann hingegen – da unterscheidet sich die Katze vom Homo sapiens – reißt ihre Schnauze auch ohne Aufforderung so weit auf, daß darin eine fette Amsel nisten könnte. Vielleicht hofft sie das sogar, aber im allgemeinen habe ich den Eindruck, daß sie gähnt.

Wenn ich früher gähnte und hielt mir nicht die Hand vor den Mund, bekam ich sofort eins mit der neunschwänzigen Katze übergezogen. Dieser einschwänzigen Katze auf ihrem Ethno-Kissen Manieren beizubringen, ist hingegen hoffnungslos. Wir bestaunen ihren rosa Rachen, die Reihe der intakten Zähne und wundern uns höchstens, daß sie schon wieder müde ist.

»Und wie hast du die Silvesterknallerei überstanden? Unterm Sofa?«

»Es war ekelhaft«, sie zuckt nervös mit dem Schwanz, »warum macht ihr das?«

»Zuviel Geld im Umlauf. Wir feiern den Aufschwung. Und dabei denkt niemand an die leidenden Haustiere!«

»Pah! Hunde leiden mehr. Die stellen sich immer so hysterisch an.«

Wie Meerschweinchen, will ich hinzufügen. Da fällt mir ein, daß sie sich zu Weihnachten ein Meerschweinchen gewünscht und nicht gekriegt hat. Also frage ich etwas anderes: »Hast du eigentlich gute Vorsätze fürs kommende Jahr gefaßt?«

»Was für Dinger?« fragt sie irritiert. Sie denkt jetzt wohl auch an das Meerschweinchen.

»Gute Vorsätze«, erkläre ich, »nimmt man sich beim Jahresbeginn vor. Zum Beispiel, beim Gähnen künftig die Pfote vor die Schnauze zu halten.«

»Wozu soll das gut sein?«

»Nun, es könnte dir sonst eine Biene ins offene Maul fliegen.«

»Wo sind denn hier Bienen?«

»Okay, in dieser Jahreszeit schlafen sie auf ihren Honigtöpfen. Aber heute morgen habe ich einen Schmetterling ohne festen Wohnsitz gesehen ...«

»Er soll kommen. Eintritt wird nicht erhoben.« Sie reißt die Schnauze weit auf.

»Du könntest dir vornehmen, die Brekkies nicht mehr auf dem Teppich zu verteilen!«

»Wäre das in deinen Augen ein guter Vorsatz?«

»Allerdings. Ich müßte deinen Freßnapf sonst in den kalten Hausflur stellen.«

»Mir macht die Kälte nicht soviel aus wie dir.«

»Es trägt ja auch nicht jeder einen so dicken Pelz wie du.«

»Der von Guido Westerwelle ist dicker.«

»Und deine Freundin aus der Uckermark?«

»Das ist Staatsgeheimnis.«

So ungefähr stelle ich mir die Verhandlungen in der Großen Koalition vor, da wird der einen Seite schon schlecht, wenn die andere nur ins Zimmer kommt. (»Was hat sie denn heute wieder für furchtbare Latschen an!« – »Der Kerl duftet, als käme er geradewegs aus dem Bordell« – »Kann der sich seinen albernen Dialekt nicht mal abgewöhnen?« – »Die Zicke hat schon wieder eine neue Haarfarbe« – »Ohne seine Bodyguards wirkt er ziemlich mickrig.«)

Frau Hoffmann knabbert an ihren Krallen. Dann fragt sie:

»Hast du keine guten Vorsätze gefaßt?«

»Wozu? Ich halte sie doch nie ein«, gestehe ich.

»Das ist schade«, tadelt sie mich. »Du könntest dir etwas vornehmen, das deinem Haustier Freude macht.«

»So etwas wie die Neujahrsansprache? Friede in Freiheit und soziale Gerechtigkeit für alle?«

»Eine andere Sorte Brekkies würde genügen. Keine radikalen Änderungen, bitte!«

»So wie du redest, haben die Bürger dieses Landes gewählt. Und es sieht nicht so aus, als wäre das ihr Lieblingsessen.«

»Das sind meine Brekkies auch nicht. Da müßtest du mir schon jeden Tag Hühnerleber auftischen.«

Aber das verlangt Frau Hoffmann erst gar nicht. Da befindet sie sich in Übereinstimmung mit den Wählern. Ist das nun Bescheidenheit oder Dummheit?

Auf den Spuren Marco Polos

»Warst du schon mal in China?«

Frau Hoffmann ist seit Stunden mit der Pelzpflege beschäftigt. Die endet immer mit einer unerwarteten Frage.

»Nein«, gebe ich zu, »noch nie. Warum fragst du?«

»Weil nur noch von China die Rede ist. China scheint das wichtigste Thema in den Zeitungen zu sein.«

»Stimmt! Die Chinesen haben alles erfunden und produzieren alles billiger als andere Völker. Wer etwas auf sich hält, läßt sich seine Schuhe in China machen.«

»Und warum warst du noch nie in China?« Während sie redet, reckt sie den Hals, um meine Schuhe zu begutachten.

»Es ist sehr weit bis China ...«

»Dieser Hemdenmacher war sogar zu Fuß in China ...«

»Wenn du Marco Polo meinst, der war kein Hemdenmacher, sondern ein Ururururgroßvater von Ralph Lauren. Er ist auch nicht auf Schusters Rappen nach Peking gewandert. Dem standen Kamele und Sänften zur Verfügung.«

»Was sind Sänften?«

»Vorläufer der heutigen Business Class.«

»Ist es nach China weiter als nach Berlin?«

»Kommt darauf an, von wo du startest. Von Tokio ist es nicht sehr weit.«

»Und von Sankt Moritz?«

»Wie kommst du auf Sankt Moritz?«

»Ich hab' doch eine Brieffreundin in Sankt Moritz, ein Känguruh mit einer schicken Tasche.«

»Du meinst Melbourne, meine Liebe. In Sankt Moritz gibt es keine Känguruhs, nur sehr viel Schnee.«

Frau Hoffmanns Pelz sträubt sich sekundenlang. Sie mag keinen Schnee. Wahrscheinlich schämt sie sich auch, daß sie Australien mit der Schweiz verwechselt hat.

»Aber schicke Taschen gibt es in Sankt Moritz bestimmt. Jeder feine Luxusladen hat dort eine Filiale. Übrigens werden alle in China hergestellt.«

Das scheint sie zu erstaunen. »Wie viele schicke Taschen muß es da erst in China geben!« Ihre Überlegung ist zwar logisch, aber trotzdem falsch. Ich versuche, es ihr an einem Beispiel zu erklären: »In Sankt Moritz gibt es auch nicht mehr Schneemänner als in Brandenburg. Trotz des vielen Schnees!«

Sie überlegt sehr lange. Dann fragt sie: »Wie weit ist es bis Brandenburg?«

»So weit wie nach Berlin. Berlin liegt in Brandenburg wie Sankt Moritz in der Schweiz.« Damit hoffe ich, ihre geographischen Kenntnisse diskret korrigiert zu haben. Ihre Augen leuchten auf: »Ah, Berlin! Dort gibt es bestimmt mehr schicke

Taschen als sonstwo, nicht wahr?« Und als ich betrübt den Kopf schüttele, setzt sie hinzu: »Warum denn nicht? Die Berliner können sie doch billig in China herstellen lassen!«

»Irgendwie klappt das in Berlin nicht so wie geplant. Sie könnten sich ja auch das Gas billig aus Moskau schicken lassen. Und was Handtaschen angeht, so sind die bei deiner modebewußten Freundin nicht sehr beliebt. Überhaupt solltest du nicht vergessen, daß Berlin in Preußen liegt ...«

»Gerade hast du gesagt, es liegt in Brandenburg!«

»Brandenburg ist so preußisch wie Sankt Moritz schweizerisch ist.«

Das ist ihr zu kompliziert. Sie richtet sich auf, buckelt, wie wenn Trapattoni »haben fertig« sagt, dreht sich um ihre eigene Achse und legt sich wieder. Damit dürfte ihr Interesse an diesem Tag erschöpft sein. Es gibt nur noch ein Thema, das sie wach halten kann. Wie nebenbei sage ich, während ich mich räkele wie eine Riesenkrake im Aquarium von Shanghai: »Ich vergaß zu erwähnen, daß auf den Fleischmärkten in China Hunde verkauft werden. Für Chinesen sind Hunde eine Delikatesse. In China werden jährlich mehr Rezepte für das Braten von Hunden gedruckt als Gebrauchsanweisungen für schnurlose Telefone, Feinstaubfilter und Taschenrechner.«

Sie reagiert nicht, zuckt nur mit den Ohren. Sollte mich wundern, wenn Frau Hoffmann in der nächsten Stunde den gewohnten Schlaf findet.

Klingeltöne und andere Botschaften

Frau Hoffmann interessiert sich nicht nur für Brekkies und die Berliner Bären. Da sie die schnellsten Ohren diesseits des Burggrabens hat, überrascht mich ihre Frage nicht:

»Was sind eigentlich Klingeltöne?«

»Klingeltöne sind das Geräusch, das du hörst, wenn mich jemand auf dem mobilen Telefon anruft.«

»Mobiles Telefon? Seit wann nennst du das Ding mobiles Telefon? Sonst redest du immer vom Handy.«

»Richtig. Aber auch ein Klingelton ist manchmal nicht nur ein Ton, sondern eine ganze Melodie.«

»Versteh ich nicht. Wie kann ein einzelner Ton gleichzeitig eine ganze Melodie sein?«

»Mit dem Problem schlagen wir Menschen uns schon lange herum. Ich zum Beispiel soll Deutschland sein.«

Frau Hoffmann, die sich bisher eher lässig auf dem Sofa geräkelt hat, setzt sich aufrecht. »Du und Deutschland? Daß ich nicht lache!«

Man muß wissen, daß sie in der Drôme geboren wurde und somit einen französischen Paß hat. Auf Nichtfranzosen reagiert sie unverfroren chauvinistisch. Ich bereue sofort, davon angefangen zu haben.

»Es ist nicht so, daß ich von mir behaupte, Deutschland zu sein. Das tun andere, Unbekannte, die mich sogar duzen.«

»Duzen sie dich durchs Mobiltelefon?«

»Nein, per Anzeige und auf Plakaten.«

Sie scheint verwirrt. Was ja auch kein Wunder ist, wenn man bedenkt, wie weit wir uns vom Klingelton entfernt haben. Wie es ihre Art ist, rollt sie sich zur Kugel zusammen.

Später, als mein Handy klingelt, sitzt sie wieder wach auf der Fensterbank.

»Ist das dein Klingelton?« Und als ich bejahe: »Der ist aber keine Melodie!«

Tatsächlich macht mein Handy nur piep-piep. Und das auch noch sehr leise.

»Wenn es eine richtige Melodie sein soll, muß ich dafür bezahlen.«

»Du müßtest für deine Nationalhymne zahlen?«

»Für jede Melodie. Auch für das Deutschlandlied.«

Jetzt lacht Frau Hoffmann. Es klingt furchtbar. Wie ein Specht ohne Baum im Duett mit einem quietschenden Autoreifen. Ich möchte mir die Ohren zuhalten, schließe aber bloß die Augen.

»Ich weiß, daß es eine dumme Abzocke ist«, gebe ich zu. »Deshalb habe ich auch keine Melodie geladen.«

»Sagtest du ›geladen‹? Geladen wie eine Flinte?« fragt sie mißtrauisch. Jäger sind ihr unsympathisch; nicht nur wegen der Hunde, sondern weil ein Waidmann im Fernsehen bekannte, auf alle Katzen zu schießen, die sich vom Haus entfernen.

»Soweit ist die Technik noch nicht, daß man mit einem Handy schießen kann. Fotografieren, ja; Flugkarten bestellen; Botschaften versenden ...«

»Botschaften? Wie *urbi et orbi* auf dem Petersplatz?«

»Ja, so ähnlich.«

»Wie ähnlich? Nenn ein Beispiel!«

»Geht's dir gut?«

»Hm. Dafür braucht es keinen Papst.«

»Habe ich auch nicht behauptet. Ich bin jetzt am Bahnhof, lautet eine andere frohe Botschaft.«

»Und das alles wird begleitet von teuren Klingeltönen?«

»Nicht begleitet. Angekündigt. Wie eine Trapeznummer im Zirkus.«

Ich glaube nicht, daß sich Frau Hoffmann etwas unter einer Trapeznummer vorstellen kann. Immerhin wirft sie einen kurzen Blick auf den Kronleuchter, was mich beunruhigt.

»Werden Klingeltöne und die Botschaften auch vom Geheimdienst belauscht?«

»Darüber habe ich noch nicht nachgedacht. Aber wie ich unseren Innenminister kenne, wird er sich die Chance nicht entgehen lassen. Er will Spionageflugzeuge über Fußballstadien kreisen lassen.«

»Um zu erfahren, daß du am Bahnhof bist?«

Ich zucke nur mit den Schultern.

»Vielleicht ist er es, der dich für Deutschland hält und dich duzt.«

Nein, so blöd kann nicht einmal ein deutscher Minister sein. Aber es gibt ja noch die CIA. Wer weiß, was sich alles hinter den Klingeltönen versteckt.

Alle Macht den Frauen

Als ich den Korb mit den leeren Weinflaschen in den Keller trage, ruft mir Frau Hoffmann die heutige Schlagzeile in Erinnerung: »Alkoholkonsum in Deutschland bleibt hoch«, miaut sie mir parodistisch hinterher.

Na und, denke ich, rechne ich dir vielleicht die leeren Dosen mit Katzenfutter vor, die bei uns die Mülltonne füllen? Aber Katzen unterscheiden sich nicht sehr von jenen Gutmenschen, die ihr Augenmerk nur auf die Verfehlungen der Mitmenschen richten. Sie rufen nach der Justiz, wenn befreundete Mächte ihre Gefangenen in unserem Vorgarten foltern lassen, kümmern sich aber nicht darum, wenn ihre Gören Fliegen die Flügel ausreißen.

Als ich mit dem leeren Korb wieder nach oben komme, sitzt sie immer noch auf der obersten Treppenstufe, ganz die Herrscherin übers gewöhnliche Volk.

»Bild dir bloß nichts ein«, warne ich sie im Vorbeigehen, »es sieht zwar aus, als hättet ihr zur Zeit die Oberhand. Aber es ist noch nicht aller Tage Abend!«

Frau Hoffmann ist verblüfft. Jedenfalls blickt sie mir mit großen Augen nach. Hat sie es noch nicht erfahren? Großzügig, wie ich bin, informiere ich sie: »In Polen hat eine deiner Sorte, eine Frau also, einen wichtigen Regierungsposten übernommen.«

Sie braucht eine Minute, bevor sie die Tragweite dieser Neuigkeit begreift.

»Eine ... Kanzlerin?«

»Nein«, präzisiere ich, »deine Freundin Merkel ist einmalig. Aber immerhin wieder eine Frau! In Paris sitzen gleich mehrere in der Regierung!«

Jetzt hat sie sich gefangen und wird lebhaft: »Bei uns sitzt nicht nur Frau Merkel im Kabinett. Da ist noch Ulla Schmidt und die neue ...«

»Ja, aber wie die Pariser Ministerinnen frisiert sind und was für elegante Kleider die tragen!«

»Haben sie die selber bezahlt?«

»Diese Frage paßt nur zu gut zur preußischen Spießigkeit! Merke dir: Ein Staatsoberhaupt oder ein Regierungsmitglied sollte doch elegant und vorteilhaft aussehen, meinst du nicht auch?«

Jetzt ist sie wieder unsicher und putzt an ihrem Pelz herum.

»Aber der Ex-Kanzler mit seinen Brioni-Anzügen, war das nötig?«

»Was ist schon Brioni für einen Regierungschef? Bei mir hängen auch Brioni-Jacken im Schrank. Und es sind nicht einmal meine besten.«

»Sie sind auch zu eng«, sagt sie leise.

»Das waren sie aber nicht immer«, weise ich sie zurecht.

Es entsteht eine Pause, die Frau Hoffmann benutzt, vorsichtig an mir vorbei die Treppe hinunterzugehen.

»Wo willst du hin? Unten ist nichts los. Die herrschende Klasse ist immer oben!«

»Was meinst du mit herrschender Klasse?«

»Nun, euch Frauen. Auch in Island regiert eine von euch, und in Estland auch. Oder Lettland oder Litauen.«

»Wenn du die mit den Zöpfen meinst, die wohnt in der Ukraine.«

»Vergiß Finnland nicht! Gibt es eigentlich ein Land, wo die Macht nicht in den zarten Händen von Frauen liegt?«

»Es wurde auch Zeit für einen Wandel«, befindet sie und beißt auf ihren zarten Pfoten herum.

»Nur daß ich keinen Wandel sehe. Was hat sich denn bei uns gewandelt, seit wir die weiblich geführte Große Koalition haben?«

»Das wir überhaupt eine Große Koalition haben, ist dir wohl noch nicht Wandel genug?«

»Allerdings nicht! Wo ist denn der Unterschied, ob eine Frau mir den Strafzettel unter den Scheibenwischer steckt oder ein Mann?«

Frau Hoffmann trippelt ein paar Stufen weiter nach unten, bleibt sitzen und sagt: »Den Zettel kriegst du ja nur, weil du wie ein Macho Auto fährst.«

»Oder weil ich wie eine Frau parke!«

»Jedenfalls ist es Zeit, daß eure Alphatiere mal an die Kette gelegt werden.«

»Okay, wenn es dem Weltfrieden hilft. Das erklärt aber nicht, weshalb die Alphafrauen immer im Halteverbot parken.«

»Das müssen sie tun«, sagt die Katze und rennt die Treppe wieder herauf, »weil sie von euch lernen müssen, wie man sich unbeliebt macht.«

»Ist doch nicht schwer«, schlage ich vor. »Ihr

müßt uns nur nachrufen, wenn wir den Müll raustragen, daß der Alkoholkonsum in Deutschland hoch bleibt!«

Bomben auf Paläste

Im Gegensatz zu Hunden haben Katzen keine Sorgenfalten. Wenn sie sich Sorgen machen, ob die Tür, hinter der sie ihren Freßnapf wissen, sich jemals öffnen wird, so sieht man es ihnen nicht an. Katzen sitzen in solchen Fällen regungslos vor der Tür und hypnotisieren die Klinke. Ein besorgter Gesichtsausdruck läßt sich an ihnen dabei nicht feststellen.

Daher weiß ich auch nicht, bis zu welchem Grad aus Frau Hoffmann die Sorge spricht, als sie mich fragt: »Wird der Palast der Republik jetzt tatsächlich abgerissen?«

Mein Gott, woher soll ich das wissen?

Also frage ich: »Woher soll ich das denn wissen? Mal heißt es ›morgen kommen die Bagger‹, mal will man den Wiederaufbau des Schlosses abwarten.«

»Wer ist man?«

»Das sind Leute, die daran verdienen.«

»Die Schloßbauer haben doch schon verdient, oder irre ich?«

»Nein. Sie haben Unkosten gehabt, heißt es. Aber Papier ist geduldig.«

»Was heißt denn das schon wieder?«

»Das heißt, daß du schreiben kannst, was du

willst. Beispielsweise kannst du schreiben, daß amerikanische Geheimdienste in Deutschland zwischenlanden, um ihre Gefangenen in fremde Foltergefängnisse zu bringen. Oder daß zwei deutsche Beamte den Einsatz der US-Artillerie in Bagdad gelenkt haben.«

»Das waren wohl AWACS zu Fuß?«

»Kannst du jedenfalls schreiben. Es interessiert in Wirklichkeit niemanden. Nur ein paar Leute regen sich schrecklich darüber auf. Wie über den Palast der Republik und das Schloß.«

»Warum regen die sich auf?«

»Damit... Sag mal, wieso interessiert dich das?«

»Also, ich finde es cool, wenn zwei deutsche Fußgänger in Bagdad 2000 amerikanische Kanonen dirigieren.«

Frau Hoffmann scheint sich wie ein Geheimdienstler in Bagdad zu fühlen. Ihre Ohren dreht sie wie Radaranlagen, ihr rosa Näschen schnuppert den Wüstensand. Sie sucht weitere Informationen: »Und wieso ist Papier dabei geduldig?«

»Wenn du überlegst, wie viele Jahre sie nun schon über den Aufbau des Schlosses und den Abriß des Palastes diskutieren, dann braucht ein Blatt Papier mindestens soviel Geduld wie du, wenn du vor der geschlossenen Küchentür sitzt.«

»Wird es danach gefoltert?«

»Wonach? Nach dem Abriß, nach dem Aufbau, oder was?«

Sie überlegt eine Weile mit geschlossenen Augen. Vielleicht schläft sie. Dann sagt sie: »Können deutsche Agenten die amerikanische Artillerie nicht auf den Palast der Republik lenken? Das ersparte der Stadt Berlin die Kosten für den Abriß.«

»Und wenn sie nicht genau treffen, erledigt sich auch der Aufbau des Schlosses.«

»Was heißt ›nicht genau‹?«

»Nun, sie könnten das geduldige Papier im Rathaus treffen. Man nennt das Kollateralschaden.«

»Du meinst, deutsche Beamte sind nicht in der Lage, den Palast der Republik zu treffen?«

»Wenn ihnen demnächst das Weihnachtsgeld gestrichen wird, treffen sie sich nur noch zu Protestversammlungen.«

»Wie in Nürnberg vor dem AEG-Werk.«

»Das waren keine Beamten, sondern Opfer der Globalisierung.«

»Heißt das: kollateral Geschädigte?«

»Was spielt das schon für eine Rolle«, sage ich, von ihrer Fragerei genervt.

Frau Hoffmann antwortet nicht. Sekundenlang sitzt sie angespannt, dann springt sie los. Ein Schmetterling, von der Heizungswärme frühzeitig aus dem Winterschlaf geweckt, sucht an der Fensterscheibe einen Ausgang in den Winterhimmel. Vergebens. Er findet Eingang in das große Maul der Katze.

»Mußte das sein?« frage ich erschüttert über das Ende des kurzen Frühlingserwachens.

Frau Hoffmann sieht nicht so aus, als verhülfe ihr der Schmetterling zu neuen Erkenntnissen. Sie zuckt mit dem Schwanz: »Der Terror muß bekämpft werden, wo er sich zeigt«, schnurrt sie.

Maulwürfe bei der WM

Erst als sie sich heftig bewegt, bemerke ich, daß sie auf ihrem Lieblingsplatz sitzt, beziehungsweise liegt; auf dem Kissen auf der Fensterbank. Heftig bewegt ist natürlich übertrieben. Frau Hoffmann bewegt sich sowenig heftig wie die Königin von England. Wenn sie die Schlafseite wechselt, ist das schon heftig für ihre Verhältnisse. Ich frage mich, wie sie damit durchkommt.

Wenn ich meinen Hausarzt im »Rebstock« treffe, sagt er als erstes mißbilligend: »Sie sollten für den kurzen Weg nicht das Auto nehmen. Sie müssen sich mehr bewegen! Sonst nimmt es mit Ihnen noch ein böses Ende.«

Deshalb sind wir immer froh, wenn Frau Hoffmann die Treppe heraufstürmt. Das geschieht mit einer Heftigkeit und gleichzeitig so elegant und leicht, daß wir hoffen, es könne mit ihr nie ein böses Ende nehmen. Manchmal werfe ich vor ihren Augen ein paar Brekkies die Treppe hinunter, worauf sie wie der Blitz nach unten rast. Doch das funktioniert nur, wenn sie hungrig ist. Und da sie ihren Napf nie leerfrißt, sagt ihr der Verstand, daß es unnötig ist, den Stufen-Run zu unternehmen.

Als sie sich jetzt etwas gereckt und eine neue

Schlafposition auf der Fensterbank eingenommen hat, frage ich (ohne großes Interesse an einer Antwort):

»Was beobachtest du denn die ganze Zeit? Da draußen ist doch nichts los!«

»Im Augenblick nicht, das ist wahr. Aber ich will den Moment nicht verpassen, wenn eure WM beginnt.«

»Seit wann interessierst du dich denn für Fußball?«

»Interessiert mich nicht die Bohne«, sagt sie und gähnt demonstrativ. »Aber wenn es losgeht, und zwar ohne die pompöse Feier im Berliner Stadion, ohne diesen ganzen Zirkus, den sie zunächst geplant hatten; wenn keine Rakete in den Himmel saust und keine Trommlertruppe lärmt, das möchte ich nicht verpassen.«

»Eine Feier, die nicht stattfindet, kann man auch nicht verpassen«, belehre ich sie.

»Werden denn die Kirchenglocken nicht läuten vor lauter Scham? Wird nicht Heulen und Wehgeschrei übers Land hinwegfegen wie ein Tsunami? Eine große Nation, den Weltmeisterpokal schon halb in der Vitrine, wird um die gebührende Ouvertüre betrogen, weil vielleicht ein Stückchen Rasen nicht ihrem Kleingärtnerwahn entspricht, das muß ich sehen! Das lasse ich mir nicht entgehen.«

Ich nehme an, mit diesem Wunsch wird sie nicht alleine sein. Schon heute kriechen Rasenfachleute durch das Berliner Stadion und begutachten die Rasenqualität mit Lupe und Lackmuspapier. Im städtischen Gartenamt entstauben Beamte die

»Rasen betreten verboten«-Schilder, und Naturschützer bilden Lichterketten im Strafraum. Performancekünstler, die schon in Brokdorf und Gorleben dabei waren, versprechen, sich an die Torpfosten anzuketten. Vor den Augen der Weltöffentlichkeit! Das sei doch – ungewollt zwar – ein spektakulärer Ersatz für die ursprünglich geplante Feier, erkläre ich Frau Hoffmann.

»Gewiß«, stimmt sie zu, »so kann es sein. Die Engländer würden daraufhin ein eigenes Fest ausrichten, ebenso Herr Wowereit unter dem Brandenburger Tor. Für die Polen wäre es ein Nationalfeiertag, und Springer würde eine Kampagne gegen die rasenzerstörenden Maulwürfe in die Wege leiten.«

»Ich sehe, du hast die Zusammenhänge zwischen nationaler Tragik und dem Unterhaltungsbedürfnis der Massen erkannt«, lobe ich die Katze.

»Es kann aber etwas dazwischenkommen und alles über den Haufen werfen«, prophezeit sie düster.

»Und das wäre?«

»Ein über Berlin fliegender, hustender Entenschwarm aus der Türkei.«

»Gott gebe, daß du dich irrst«, murmele ich, während Frau Hoffmann gähnt.

Die Tücke der Opposition

Wie sie da sitzt zwischen den zerfledderten Zeitungen und Nachrichtenmagazinen, zwischen Kunst- und Kulturzeitschriften, glaube ich so etwas wie ein Grinsen auf ihrem Gesicht zu entdecken. Ich will etwas sagen, komme aber gegen die laute »Presseschau« im DLF nicht an.

»Du kannst das Radio gerne abschalten«, sagt sie gönnerhaft. »Ich weiß sowieso Bescheid.«

Als ob ich das je bezweifelt hätte! Sie weiß alles und alles besser. Sie würde sogar den Papst korrigieren, wenn sie eine Gelegenheit fände.

So sitzen wir uns also gegenüber (ich habe das Radio inzwischen ausgeschaltet) und machen uns Gedanken über das jeweilige Gegenüber. Schließlich schiebt sie mit der Pfote einige Zeitungen zur Seite und fragt kokett: »Na, was sagst du nun zu deiner Kanzlerin, du Oppositioneller?«

Seit Wochen hat sich Frau Hoffmann von einer kritischen Fernsehzuschauerin zu einem Merkel-Fan verändert. Ich führe das auf ihre übermäßige Zeitungslektüre zurück.

»Frauen, wer sonst als eine Frau kann das Chaos noch in den Griff kriegen?« fragt sie und verweist auf die eindrucksvoll wachsende Zahl von Frauen in höchsten politischen Positionen.

Ich halte mit der zunehmenden Zahl der Orkane, der Tsunamis und vergrippten Vögel dagegen: »Glaubst du, daß die Welt dadurch besser wird?«

Wie es von einer weiblichen Katze nicht anders zu erwarten ist, betrachtet sie kurz ihre Krallen und kontert kühl: »Besser von einer Gans regiert zu werden als von einem Esel.« Und fügt hinzu: »Was sagst du denn zu dieser Entwicklung? Paris, Brüssel, New York und jetzt Moskau – ein Erfolg nach dem anderen!«

»Woher willst du das wissen?«

»Steht in allen Kommentaren.«

Papier ist geduldig, will ich dagegenhalten, erinnere mich aber, diesen Einwand erst kürzlich benutzt zu haben. So sage ich also lediglich: »Das verdanken wir nur Herrn Gorbatschow. Hätte er die Uckermark nicht in die Freiheit entlassen, würden wir nach wie vor von einem Esel regiert werden.«

Ihr kommt ein unangenehmer Gedanke: »Vielleicht sogar von einem Hund!«

Meine Geduld ist am Ende.

»Warum müssen es immer Hunde und Katzen sein? Oder eine Gans, die nur eine verkleidete Ente ist? Warum nie ein Fisch?«

Frau Hoffmann sieht mich zweifelnd an.

»Fisch? Was für einen Fisch meinst du? Einen Havelzander? Bodenseefelchen? Oder einen Pottwal? Möchtest du von einem Pottwal regiert werden?«

Ich möchte von keinem Tier regiert werden. Nicht einmal von Frau Hoffmann. Sie ist genau so tückisch, wie man es immer schon von Katzen gesagt hat: von einem auf den anderen Tag unterstützt sie Angela Merkel! Und das in einem Haus, wo ihr die Brekkies aus eindeutig oppositioneller Hand in den Napf gestreut werden.

Ich wage es kaum noch, sie zu ihrer Meinung zur Atomkraft zu befragen. Oder zur Beteiligung deutscher Soldaten an amerikanischen Kriegen. Das engt unsere häuslichen Gespräche themenmäßig ein. Über Mäuse und Hunde können wir uns einigermaßen verständigen. Doch das hat kein größeres Gewicht als die Übereinstimmung in der Europäischen Union über den freien Handel auf dem Energiemarkt. Die meisten sind dafür. Trotzdem wird das Gas teurer anstatt billiger.

Auf Mäuse und Hunde übertragen bedeutet das, daß die einen wie die anderen nicht von Pottwalen regiert werden möchten, aber zu Hause Regierungschefs haben, mit denen sie weder Tisch noch Bett teilen möchten.

Jedenfalls wenn ich Frau Hoffmann richtig verstanden habe.

Dein Freund, der Baum

Man sollte meinen, daß diese Katze aus dem westlichen Ausland, die wir hier durchfüttern und für deren Bequemlichkeit wir uns die Beine ausreißen, daß es sich bei Frau Hoffmann, die so egoistisch ist, daß sie sich für nichts anderes interessiert als für ihr Wohlergehen, um eine rohe und gefühllose Kreatur handelt.

Doch dann gibt es Situationen wie diese: Ich liege auf dem Sofa und schlafe. Vielleicht schnarche ich auch; es gibt Menschen, die das behaupten. Aber um die geht es hier nicht.

Ich tauche langsam aus dem Tiefschlaf auf, weil ich merke, wie jemand an meiner Backe leckt. Sodann spüre ich Frau Hoffmanns Tatze, die ganz zart mein Gesicht berührt. Ich öffne die Augen und sehe wenige Zentimeter vor mir ihre großen, dunklen Augen. Sie blickt mich an, und als sie merkt, daß ich wach bin, fragt sie leise: »Bist du traurig?«

Es gibt keine unsinnigere Frage, mit der mich jemand aus dem Mittagsschlaf aufschrecken könnte. »Wo ist der Garagenschlüssel?« würde ich noch akzeptieren. Oder: »Da ist ein Herr vom Finanzamt, der hat eine Steuerrückzahlung für dich.« Aber alle anderen Fragen, vor allem solche nach meinem Wohlergehen, stellt man mir besser schriftlich.

Doch diesmal bin ich gerührt von der Sorge, die aus Frau Hoffmanns Frage herauszuhören ist.

Ich räuspere mich und frage zurück: »Traurig? Warum sollte ich traurig sein?«

»Wegen der Bäume! Du liebst doch Bäume, nicht wahr?«

»Gewiß, aber...«

»Gib es zu! Du bist ganz verrückt nach Bäumen, wie alle Romantiker. Ich habe dich doch beobachtet, wie du in der Drôme mit den Gärtnern Bäume gepflanzt hast, wie du und die Chefin stundenlang über den richtigen Zuschnitt der Bäume diskutiert habt und im Winter einige mit Stroh umwikkeln ließet. Du bist, was das angeht, ein typischer Deutscher, der lieber in den Wald geht als in die Kirche.«

Noch lieber gehe ich ins Restaurant, müßte ich jetzt wahrheitsgemäß einwenden, aber das lenkt nur von der Schlafstörung ab.

»Warum soll ich denn traurig sein?«

»Weil der deutsche Wald so krank ist!«

»Ach, du meinst das Waldsterben und so?«

»Ja natürlich. Die Experten sind alarmiert. Vor allem die Eichen sind in schrecklichem Zustand.«

»Unsere deutschen Eichen?«

»Genau die! Deine geliebten Eichen sind schwerkrank.«

»Woher weißt du das?«

Die Katze richtet sich auf und läßt mich merken, für wie blöd sie mich hält: »Deutschlandfunk. Die Luftverschmutzung sei schuld, haben sie gesagt. Es sind sehr alte Eichen, nicht wahr? Ich nehme an, schon eure Germanen haben die Luft verpestet. Das müssen die alten Eichen jetzt ausbaden.«

»Die starken, stolzen Eichen? Das glaubst du doch selber nicht.«

»Von wegen stark und stolz! Als Brennholz kosten sie weniger als alte Rebwurzeln.«

»Nun, das kann ich als passionierter Weintrinker noch verstehen …«

»Deine germanischen Vorfahren haben nur Bier getrunken, soviel ich weiß. Und auf die Reinheit der Luft hatten sie den gleichen fatalen Einfluß wie die Kühe.«

»Und zwar welchen?«

»Sie haben ständig gefurzt, die Bohnenfresser. Das hat die Ozonschicht zerstört.«

»Sie haben Rom zerstört, das ist erwiesen. Aber was du da von der Ozonschicht erzählst …«

»Außerdem sind sie wie die Wilden durch die Wälder gestürmt, haben alle Tiere am Spieß gebraten und die römischen Legionäre als Pizzabäcker versklavt.«

»Kann es sein, daß dein Geschichtsbild von Asterix geprägt wurde und nicht vom Radio?«

Der geborenen Französin sträuben sich die Haare.

»Beleidige unseren Asterix nicht! Ihr habt keinen seinesgleichen!«

»Noch nie etwas vom Alten Fritz gehört?«

»Der mit den Hunden?«

»Er blies die Flöte.«

»Hab' ich doch gesagt. Das hält keine Ozonschicht aus.«

Liebe und Maschinenpistolen

Sie sitzt in der Sofaecke und murmelt. Wenn eine Katze murmelt, müssen Menschen wie ich schon genau hinhören, um überhaupt zu merken, daß sie murmelt. Von verstehen kann keine Rede sein. Was Frau Hoffmann murmelt, klingt wie amat amamus. Doch das ist Latein, und Lateinisch kann sie nicht; sehr zum Bedauern eines süddeutschen Kultusministers, der kürzlich meinte, alle Schüler sollten erst einmal Latein lernen, bevor sie sich daranmachten, die englischen Songtexte der Popstars zu entziffern. Nun käme es Frau Hoffmann nie in den Sinn, englische Popsongs zu studieren. In diesem Haus lernt man eher Schillers Glocke von der ersten bis zur letzten Zeile auswendig, als sich mit einem Lied von Bob Dylan zu beschäftigen. Also frage ich leichthin: »Gibt es ein Problem?«

»Nein. Alles unter Kontrolle.«

»Gut«, sage ich, »dann ist ja alles in Ordnung.«

»Ja, es ist alles in Ordnung.«

Nach diesem geistreichen Wortwechsel würde auch der dümmste Fernsehkommissar mißtrauisch. Das weiß die Katze ebenso wie ich und kommt mir mit ihrer Frage zuvor: »Weißt du, was »caritas« auf deutsch heißt?«

»Klar weiß ich das. Caritas heißt Liebe. Das Wort ist gerade erst durch Benedikt XVI. wieder populär geworden.«

»Darum frage ich ja. Überall erwähnt man ihn und seine Caritas-Rede. Also ›Liebe‹! War die vorher nicht populär?«

Typisch Katze. Erst unverständliches Zeug murmeln und dann ein philosophisches Problem aus dem Hut ziehen wie den Maulwurf aus der Erde.

In meiner Zeit sind die Fräulein rot geworden, wenn das Wort »Liebe« in ihrer Gegenwart ausgesprochen wurde. Heute laufen sie schon Amok, wenn man sie mit Fräulein anredet, ohne von der Liebe mehr zu wissen als die Wurst vom Senf.

»Wo kann ich mich denn über die Liebe informieren? Im Fernsehen?«

»Überall wo du Menschen siehst, viele Menschen, selbstverständlich, da herrscht Liebe.«

»Also ist Liebe Gedränge?«

»Nur auf dem Petersplatz, wo man das Wort ›caritas‹ nicht in andere Sprachen übersetzen muß.«

»Großes Gedränge sehe ich jeden Tag im Fernsehen. Ist das immer demonstrierte Liebe?«

»Welches Gedränge meinst du?«

»Die vielen jungen Männer, die sich in allen Teilen der Welt auf Straßen drängen und Maschinenpistolen schwenken. Handelt es sich dabei um Liebe?«

»Sind Frauen dabei?«

»Nein, nie.«

»Dann wohl kaum. Es sei denn, du hast in eine Street Parade der Schwulen gezappt.«

»Sind das die, die von der Liebe ausgeschlossen sind?«

Was für eine Frage! Sage ich ja, applaudieren mir Fundamental-Klerikale, und ich kriege Ärger mit meinem schwulen Sohn; sage ich nein, muß ich Frau Hoffmann erklären, was mit den schwulen Hunden und den lesbischen Kühen ist, die sie vom Fenster aus beobachten kann. Also mache ich eine weite Armbewegung und setze zu einer allgemeinen Erklärung an: »Wer mit Maschinenpistolen droht, ist von der Caritas so weit entfernt wie der Papst von Palästina.«

»Ich sehe solche Jugendliche aber auch in Kabul, in Südamerika, in Teheran und in Afghanistan. Sind das alles Schwule?«

»Leider nein; eher das Gegenteil. Zuviel Testosteron, zuwenig Grips.«

»Und die sprechen alle Latein?«

»Wie kommst du denn darauf?«

»Sie könnten sonst ja die Papstrede nicht lesen und wüßten nicht, woran sie sind.«

»Mach dir keine Sorgen. Die lesen sowieso nur Gebrauchsanweisungen für ihre MPs. Und die gibt es in allen Sprachen, einschließlich Deutsch.«

»Miau. Dann bin ich ja beruhigt.«

»Ich leider nicht. Wauwau.«

Ich habe etwas zu laut gebellt. Frau Hoffmann springt erschrocken zur Seite und sieht mich vorwurfsvoll an. Dabei habe ich ihr lediglich klarmachen wollen, daß alles Gerede über die Liebe angesichts nationalistischer Mörderbanden eben nur Gerede ist.

Nie wieder Gammelfleisch

Ich liege mit dem Bauch auf dem Boden. Das geschieht selten und nie freiwillig. Frau Hoffmann hat mich in diese unbequeme und unwürdige Lage gebracht, indem sie von meinem Arbeitstisch eine silberne Pillendose in den Abgrund wedelte, welche in einer langgezogenen Kurve unter eine kurzbeinige Nußholztruhe rollte.

Das Leben ist im fortgeschrittenen Stadium ohne Pillendose nicht denkbar; auch wenn man darin Büroklammern aufhebt. Also liege ich vor der Truhe und presse mein Gesicht auf den Teppich, um den silbernen Behälter (verziert, Ende 18. Jh.) zu entdecken und zu bergen. Ich sehe nichts und drehe den Kopf.

Ich will nicht behaupten, daß es mich erschreckt, aber nur zehn Zentimeter vor meiner Nase liegt auch die Katze auf dem Bauch und schaut genauso neugierig wie ich ins staubträchtige Dunkel. Dann sehen wir uns wortlos an. Ich richte mich mühsam auf, vielleicht nimmt sie die Dosensuche später wieder auf. Sie reckt sich und beginnt unvermittelt mit ihrem Prolog:

»Ich habe das Papier eures Papstes noch einmal gelesen. Die Enzyklika, du weißt, über die wir beim letzten Mal geredet haben.«

»Ja, über Caritas ...«

»Da steht aber noch was drin, das von ein paar Halblinken nun ständig zitiert wird.«

»Du meinst sein Appell für soziale Gerechtigkeit?«

»Genau. Er sprach vom ›zügellosen Kapitalismus‹. Was meint er damit?«

»Vielleicht hat er die Passauer Fleischfabrik gemeint, die aus reiner Profitgier verdorbenes Katzenfutter verkauft hat.«

»Katzenfutter? Willst du sagen, du hast mich mit Gammelfleisch gefüttert?«

»Alle haben wir Gammelfleisch gegessen. Nicht nur Katzen und Bayern. Auch Hunde und Protestanten.«

Daß Hunde unter den Betroffenen sind, beruhigt sie sofort. »Ich bin auch gegen leinenlosen Kapitalismus. Hunde gehören an die Leine! Leinenlose Hunde dürfen vernünftigerweise nicht einmal auf den Friedhof.«

»Zügellos hat er gesagt! Das weist auf Pferde hin.«

Frau Hoffmann ist verwirrt: »Wie kommen Pferde auf den Friedhof? Und was haben sie mit dem Kapitalismus zu tun?«

Schwere Frage. Aber was weiß sie, die hier das Haus nicht verläßt, über das Hundeverbot auf dem Friedhof?

Sie erklärt es mir: »Ich habe zugehört, wie sich auf dem Söller zwei Tauben über den Friedhof unterhielten. Von kapitalistischen Pferden haben sie nichts gesagt.«

»Natürlich nicht. Das war Benedikt XVI. Der

meinte übrigens keine zügellosen Pferde, sondern den zügellosen Kapitalismus.«

»Richtig. Das Gammelfleisch auf Friedhöfen.«

Ich mache ein paar Lockerungsübungen. Frau Hoffmann reibt sich das linke Ohr, bevor sie weiterspricht: »Ich habe eine Dame gesehen, die ritt stehend auf einem zügellosen Pferd!«

»Auf dem Friedhof?«

»Nein, im Zirkus. Sie hatte nackte Beine. Und danach kam eine Tigernummer!«

»Im Katzenkanal, nehme ich an.«

»Was meinst du, werden die Tiger auch mit Gammelfleisch gefüttert?«

»Sorgst du dich um deine Verwandten?«

»Klaro. Würdest du doch auch, wenn deine Familie im Käfig auftreten müßte, oder?«

Ob sie wirklich so naiv ist? Ich muß sie warnen.

»Ist dir eigentlich klar, daß dich deine lieben Verwandten auf der Stelle fressen würden, wenn sie nicht im Käfig wären?«

Frau Hoffmann sieht mich nachsichtig an und schüttelt den Kopf.

»Das war gestern. Seit die Enzyklika auf der Welt ist mit der Caritas und dem zügellosen Kapitalismus, sind wir Tiere nett zueinander.«

Jetzt muß ich erst rauskriegen, wie sie an die BILD-Zeitung gekommen ist. Danach gehe ich in die Zoohandlung und kaufe ihr eine lebende weiße Maus.

Das Jahr des Hot Dogs

Frau Hoffmann stürmt ins Zimmer, den dicken Schwanz hoch erhoben, das Fell gesträubt. Sie springt auf den Sessel, in dem ich gerade nicht sitze, von da auf die Fensterbank und sofort wieder auf den Teppich. Bevor ich Gelegenheit habe, sie nach ihrem Geisteszustand zu fragen, ist sie schon wieder weg. Was mag sie bloß so in Rage versetzt haben?

Ich habe eine Vermutung. Als sie zurückkommt, diesmal gewaschen und gekämmt, frage ich sie direkt: »Ist es wegen der Chinesen?«

Sie sieht mich von unten herauf mißmutig an und knurrt: »Bei den Chinesen, bei den Chinesen bin ich noch nie gewesen. Warst du schon mal bei den Chinos?«

Ich wußte nicht, daß man in Katzenkreisen von Chinos redet. Ich kenne das Wort nur als Bezeichnung für einen Hosenstoff. Ob sein Gebrauch politisch korrekt ist, darüber will ich jetzt nicht nachdenken, will aber wissen, ob ich mit meiner Vermutung recht habe. Also sage ich: »Frau Hoffmann, ich habe eine schlechte Nachricht für dich.«

Sie sieht mich an wie eine Portion Hühnerleber mit dreifach überzogenem Verfallsdatum.

»Die Chinesen haben soeben ihr neues Jahr getauft. Es ist das *Jahr des Hundes.*«

Sie liegt scheinbar unbeweglich auf dem Teppich, aber ihrem erneut gesträubten Fell sehe ich an, daß sie kurz vor einem Nervenzusammenbruch steht. »Ich weiß. Sie sind auch noch froh darüber.«

Ihre Anspannung läßt jetzt nach; sie leckt die linke Pfote.

»Ich weiß, was du über Hunde denkst. Buddha hat den Chinesen zwölf Tiere ans Herz gelegt, der Hund ist nur eines davon. Das nächste Jahr widmen sie vielleicht dem Drachen. Oder der Ratte.«

»Gestern haben sie ihre Hunde wenigstens noch gefressen. Und heute stehen die plötzlich im Heiligenkalender? Das ist doch anormal!«

»Keineswegs. Das gibt es auch in anderen Gesellschaften. Denk mal an unsere Koalition! Gestern waren die einen noch ideologische Planwirtschaftler und die anderen blutsaugende Kapitalisten. Heute sitzen sie gemeinsam im Kabinett bei Kaffee und Kuchen.«

Sie denkt tatsächlich darüber nach und schläft sofort ein.

Ich gehe in die Bibliothek und blättere in den Kochbüchern über chinesische Küche. Kein Wort über gebratene Chow-Chows, kein Rezept für Zunge blau. Ob ich es ihr sage? Besser nicht. Man soll den Fremdenhaß nicht provozieren.

Als nächstes sehe ich Frau Hoffmann vor ihrem Freßnapf. Breit und bräsig liegt sie davor und mampft Brekkies. Während ich im Kühlschrank krame, was sie diesmal nicht ablenkt, sage ich leichthin: »Mediziner sind alarmiert über die Zunahme der Fettsucht. Wir essen zuviel Fett, zuviel Zucker und überhaupt zuviel. Vor allem Fast Food hat einen katastrophalen Einfluß auf das Körpergewicht und damit auf die Gesundheit.«

»Du redest von euch Menschen. Wir essen kein Fast Food. Das weißt du doch genau. Wann hättest du mir denn mal einen Hamburger mitgebracht? Oder ein Hot Dog?«

Ich überlege, ob ich ihre Brekkies anführen soll, die ja nichts anderes sind als Fast Food, doch sie redet schon weiter: »Als wir in Berlin waren, hast du mir manchmal ein Wiener Schnitzel mitgebracht, wenn ihr auf einer Party wart. Sogar eine Currywurst hast du mir versprochen.«

»In Berlin«, verteidige ich mich, »wird viel versprochen. Nicht nur im Wahlkampf. Denk an das Geld für Museen, an das Schloß; denk an die Konzerne, die ihre Prachtbauten am Potsdamer Platz aufgeben und wieder zurück in die Provinz wollen.«

»Warum wollen die zurück in die Provinz?«

»Ich nehme an, weil es dort nicht so auffällt, wenn sie zu fett werden.«

Sie denkt eine Weile nach.

»Können wir nicht wieder in Berlin wohnen? Hier in der Provinz verfetten wir doch nur.« Frau Hoffmann beugt sich erneut über ihren Napf.

Was ein richtiger Berlin-Fan ist, der findet immer einen Grund, die Stadt seiner Träume herauszustreichen.

Pressefreiheit für Katzen

»Frau Hoffmann, die Brille, bitte«, sage ich mit schwacher Stimme. Denn ich bin krank. Und was braucht der Mensch vor allem? Er braucht eine Brille, damit er erkennt, wer sich mitfühlend um sein Sterbelager drängt. Frau Hoffmann, der mein kritischer Zustand nicht verborgen geblieben sein kann, da sie am Fußende meiner Matratzengruft liegt, zuckt nur kurz mit der Schwanzspitze. Die Brille liegt vor ihr auf dem Tisch. Doch das undankbare Luder denkt nicht daran, mir meinen letzten Wunsch zu erfüllen. Wenn sie ein Hund wäre, ein dressierter Pudel …

»Wir haben einen Fehler gemacht«, flüstere ich der Florence Nightingale ins Ohr, die sich gerade über mich beugt, um meinen letzten Atemzug nicht zu verpassen, »ein dressierter Pudel statt dieser faulen Katze würde seinem schwerkranken Herrn …«

»Du bist nicht schwerkrank«, trompetet sie durch den Raum, »du bist erkältet. *Schwer* trifft auf dich nur zu, wenn du auf der Waage stehst oder schwer verkatert bist!«

Bei dem Wort *verkatert* erwacht die Katze aus ihrer Teilnahmslosigkeit. Sie springt vom Bett und postiert sich so hinter der Zimmertür, daß sie jeden Fremden gleich beim Schlafittchen hat, der es wagt, hier unangemeldet einzudringen. Von unangemeldet eindringenden Fremden sind ihr fremde Kater am unsympathischsten. Sie läßt die Muskeln spielen.

»Du bist wirklich nicht sehr gastfreundlich«, bemerke ich tadelnd und bereue meine Einmischung augenblicklich. Denn sie reagiert mit einer Schärfe, als stellte sie sich in Baden-Württemberg zur Wahl.

»So, ich bin nicht gastfreundlich? Soll ich etwa einen seitenlangen Fragebogen auslegen, den jeder stinkende Kater beantworten muß, bevor er eingelassen wird? Mit Fragen wie dieser: ›Finden Sie es richtig, daß Katzen den Katern bedingungslos gehorchen müssen? Und wenn sie nicht gehorchen, dürfen sie dann von den Katern geprügelt werden?‹ Oder diese Frage: ›Dürfen Jagdzeitschriften Abbildungen von Hunden drucken und sich auf die Pressefreiheit berufen?‹ Oder wie wäre es hiermit: ›Sie betreten ein Haus voller Katzen. Wonach fragen Sie zuerst, nach dem Freßnapf oder dem Katzenklo?‹«

Das war für ihre Verhältnisse eine lange Rede. Jetzt ist sie etwas außer Atem, und mir ist schwindelig; schließlich bin ich schwerkrank.

Trotzdem richte ich mich in den Kissen auf und beschwichtige sie. »Laß nur. Ich paß schon auf.«

Da springt sie zu mir aufs Bett und sieht mir aus kürzester Entfernung ins Gesicht: »Ausgerechnet du! Willst du die Eindringlinge etwa weghusten? Oder mit einem Niesen in die Flucht schlagen?«

Als sie merkt, daß mich ihre Aggressivität befremdet, stellt sie versöhnlich fest: »Aber dein Hustensaft riecht echt gut!« und reibt schnurrend ihren Kopf an meinem Handrücken.

So schnell lassen sich Aggressionen sonst nicht aus der Welt schaffen. Vielleicht hilft es, wenn wir alle Hustensaft trinken. Frei nach Lenin: Hustensaft ist Baldrian fürs Volk. Und wenn er nur auf Katzen wirkt, wär auch schon viel gewonnen. Niemand müßte mehr befürchten, von Frau Hoffmann eins auf die Nuß zu kriegen, sobald er eine fremde Tür öffnet.

Fischmühlen in Worpswede

Wenn in diesem Haushalt die Frage gestellt wird: »Wo ist die Katze?«, gibt es nur zwei mögliche Antworten. Entweder: »In der Küche.« Oder: »Im Bett.«

Wir wissen nämlich genau, worum sich ihr Leben dreht. Wenn es trotzdem vorkommt, daß sie weder hier noch dort zu finden ist, gehen wir erst einmal auf die Suche. Nicht weil wir fürchten, sie könne ausgebüxt sein (die Burg ist gut verrammelt); aber man will ja wissen, was die Hausgenossen so treiben. Diesmal entdecken wir sie im kalten Treppenhaus. Sie liegt dort auf der Reisetasche und sieht uns vorwurfsvoll entgegen:

»Ist es wieder soweit? Wohin geht's denn diesmal?«

An der Tatsache, daß keine großen Überseekoffer gepackt wurden, hat sie erkannt, daß es sich nur um eine Kurzreise handeln kann.

»Berlin?« fragt sie hoffnungsvoll.

»Nein«, antworte ich, »Worpswede.«

Sie schaut uns entgeistert an: »Wo ist denn das?«

»Im Teufelsmoor. Hast du nie von Worpswede gehört?«

»Nein. Muß ich?«

Die Memsahib sieht mich an. Ich sehe sie an. Wir fühlen uns wie Eltern, deren Kind nicht ins Gymnasium aufgenommen wird, weil es nicht weiß, wer Goethe war. Prompt fallen wir uns schluchzend in die Arme. Frau Hoffmann gibt die Reisetasche frei und wartet an der Wohnungstür, daß wir uns beruhigen.

»Ich weiß! Das ist dort, wo sie gegen die Karikaturen des Propheten demonstrieren, nicht wahr?«

Wir bekommen eine Ahnung, wie die PISA-Ergebnisse zustande gekommen sind.

»Worpswede«, beginnen wir beide gleichzeitig, worauf ich allein weiterrede, »ist in diesem Land eine Ikone. Ein Wahrzeichen«, setze ich erklärend hinzu, weil ich ja nicht weiß, wie weit sich Frau Hoffmann von den Gestaden der Bildung entfernt hat. »Worpswede ist für Niedersachsen, was Murnau für Bayern ist.«

»Eine Künstlerkolonie mit jeder Menge Maler...«

»... die alle dasselbe malten.«

»Propheten?« fragt die Katze hoffnungsvoll.

Wir schütteln bedauernd den Kopf.

»Eher Birken und Boote im Moor.«

Damit ist das Interesse Frau Hoffmanns an Worpswede endgültig erloschen. Sie verschwindet in Richtung Küche.

Später erzähle ich ihr mehr über das Künstlerdorf im Teufelsmoor. Von Benn, der hier eine Freundin hatte, und dem Ex-Kanzler, der in Worpswede Fußball spielte mit seinen Sicherheitsbeamten als Zuschauer in der Nordkurve.

»Warum fahrt ihr dann hin? Du spielst doch nicht Fußball, oder?«

»Das ist richtig. Aber du mußt wissen, daß Worpswede auf Meereshöhe liegt. Und wenn an der Nordseeküste einmal eine Riesenwelle entsteht, ist das Dorf verschwunden.«

»Na und? Seid ihr etwa in die neuen Länder gereist, bevor die Mauer fiel?«

»Das ist doch nicht das gleiche!«

»Wieso nicht? Lafontaine spricht von einer Katastrophe.«

»Ach, der ist doch nur Opposition. Frag mal lieber die Regierungschefin!«

Frau Hoffmann kaut auf ihren Krallen herum. Für die Kanzlerin hat sie eine Schwäche. Vielleicht kaut die auch.

»Und wann kommt die Riesenwelle?«

»Das weiß man nicht genau. Aber sie sind dabei, ein Tsunami-Frühwarnsystem zu installieren.«

»Tsunami? Ist das ein Kontrollsystem gegen eindringende Muslime? Der Innenminister arbeitet fieberhaft daran, habe ich gehört.«

Ich gebe es auf. »Das ist ja auch seine Pflicht«, ergänze ich ihre Halbbildung. »Er nimmt bereits von allen Stinten den Flossenabdruck ab und wird den Heringspaß einführen. Wer dann angeschwommen kommt und hat keinen Paß dabei, der landet sofort in der Fischmühle.«

Jetzt endlich ist ihr Interesse geweckt. »Was ist eine Fischmühle? Steht die in Worpswede?«

»Wo sonst? Ihr Direktor ist Gottfried Benn, und sein Gehilfe heißt Rainer Maria Rilke. Wenn es zum Äußersten kommt, gehen sie an die Börse, und der FC Worpswede wird Weltmeister.«

Berliner Luft

Es ist wie immer, wenn wir zurückkommen. Sie hört uns die Treppe heraufpoltern und wirft sich, kaum daß wir die Tür öffnen, auf den Teppich. Dort rollt sie strampelnd um die eigene Längsachse und macht damit deutlich, daß sie sich freut. Dann gewinnt ihr Verstand die Oberhand. Sie setzt sich und schaut uns skeptisch an. »Wo wart ihr die ganze Zeit?«

»Es waren nur zwei Tage!«

»Also wo?«

»Habe ich doch gesagt: in Worpswede.«

»Nicht in Berlin?« Frau Hoffmann ist sichtbar enttäuscht.

Sie denkt gerne an unseren gemeinsamen Aufenthalt in der Hauptstadt. Ständig wird sie durch das Fernsehen an Berlin erinnert. Wie sie dort protestieren, demonstrieren und Paläste abreißen, das gefällt ihr. Den Rummel mit der Berlinale hätte sie bestimmt toll gefunden. Aber ausgerechnet als sie den roten Teppich ausrollten, waren wir nicht zu Hause, und die Glotze blieb dunkel. So verpaßte sie die herrlichen Gesichter der deutschen Schauspieler und kann weiter furchtlos durch die Welt spazieren.

Das einzige, was sie uns zu berichten hat, ist ihr

Kommentar zum Wetter: »Der Schnee ist verschwunden.«

»Ja hier. Aber in anderen Gegenden noch lange nicht.«

»Schneit es in Berlin?«

Schon wieder Berlin. Manche Provinzler sind ganz besessen von Berlin. Kaum haben sie in Mannheim einen ICE nach Bahnhof Zoo abfahren gesehen, summen sie »das ist die Berliner Luft, Luft, Luft«. Wenn ich ihr jetzt gebe, was ich Lekkeres mitgebracht habe, wird sie es demonstrativ ignorieren, weil es nicht aus Berlin stammt. Sie unterscheidet sich kein bißchen von den Pariser Katzen, die im Sommer mit ihren Besitzern in die Drôme kommen, wo sie sich so arrogant benehmen, daß sie die einheimischen Katzen in Rage versetzen und ständig verprügelt werden. Womit ich nicht sagen will, daß man Pariser mit Berlinern verwechseln kann.

»Nein, es schneit auch nicht in Berlin. Aber man hört die Dachkonstruktion über der Großen Koalition knirschen, so wie in Ostbayern, bevor die Häuser unter der Schneelast zusammengebrochen sind.«

»Ist das Hofbräuhaus auch zusammengebrochen?«

»Aber nein. Das steht in München und nicht in Ostbayern.«

»Der Palast der Republik steht aber in Ostberlin, nicht wahr?«

»Ja, so nannte man den Stadtteil früher.«

»Und er ist zusammengebrochen, oder?«

»Nicht unter einer Schneelast.«

»Sondern?«

»Es ist die Last der Geschichte. Und vielleicht auch die Schuldenlast, die auf dem Senat lastet.«

»Du hast doch auch Schulden, nicht wahr?«

Woher weiß sie das? Sie hat Ohren, wie sie sich der Innenminister wünscht.

»Nun ja«, gebe ich zu. »Die Brekkies werden nicht billiger...«

Frau Hoffmann springt auf die Fensterbank und sieht hinunter auf die Landschaft, in der kaum noch Schneereste zu sehen sind. »Jetzt kommt bald der Frühling. Dann kriechen die Mäuse aus ihren Löchern. Wenn du mich nach draußen läßt, kannst du einen Teil meines Futters sparen«, schlägt sie vor. Ich bin gerührt. Aber wenn ich sie nach draußen lasse, läuft sie dem Pitbull des Apothekers vor den Kühler und dem Jagdpächter vor die Flinte.

»Warte lieber, bis wir wieder in der Drôme sind«, vertröste ich sie. »Da gibt es mehr Mäuse und weniger Hunde.«

»Wieso Drôme? Fahren wir nicht nach Berlin? Ich habe gehört, dort gibt es mehr Ratten als Tauben in Venedig. Da könnte ich mich selbst verpflegen.«

»Mehr Ratten? Na ja, wenn in Berlin die Müllabfuhr streikt, ist das möglich. Aber ich muß mich zuerst erkundigen, ob Ratten die Vogelgrippe übertragen.«

Nach Berlin: Ein Katzensprung

Die Katz ist weg. Sie wird wohl in der Küche sein, haben wir zuerst vermutet. War sie aber nicht. Dann schläft sie eben, waren wir sicher. Weil Frau Hoffmann immer schläft, wenn wir sie suchen. Leider hat sie mehrere bevorzugte Schlafplätze. Bett, Sofa, Sessel, Korbstuhl, Fensterbank, über mehrere Zimmer verteilt. Was zur Folge hat, daß wir sie nie finden. Aber wozu lange suchen? Wenn sie hungrig wird, taucht sie wieder auf. Gähnend und mit knurrendem Magen.

Doch heute ist von ihr nichts zu sehen und zu hören. Das ist beunruhigend. Deshalb suchen wir in beginnender Panik. Doch sie bleibt verschwunden. Wir rufen, pfeifen und knallen die Türen. Frau Hoffmann läßt sich nicht blicken.

Mein Gott, sie kann die Burg nicht verlassen! Das Haustor ist doch abgeschlossen. »Aber der Briefträger war drin!« – »Wer hat ihn reingelassen?« – »Ich. Er hatte ein Paket mit Büchern.« – »O Gott!«

Wenn Frau Hoffmann im Treppenhaus herumlungert, ist es für sie einfach, sich unbemerkt zur offenen Tür hinauszuschleichen. Die Vorstellung, daß wir uns der Lösung des Falles nähern, und daß ihre Flucht schon mehrere Stunden her ist, läßt uns erbleichen. Wir stürzen nach draußen und suchen das Gelände um die Burg ab, fragen Nachbarn, benachrichtigen die Polizei, und es wird dunkel, als wir endlich einsehen, daß Frau Hoffmann verschwunden ist. Vielleicht für immer. Obwohl man ja von Katzen gehört hat, die durch halb Rußland marschiert sind, um die alte Schlafstelle wiederzufinden.

Der Kummer überwältigt uns derart, daß uns der Wein nicht schmeckt.

Die Nacht, die nächsten Tage sind angefüllt mit mühsam aufrechterhaltener Hoffnung und der Erkenntnis, daß Frau Hoffmann unseren Haushalt und unser Leben verlassen hat. Es ist eine schreckliche Zeit.

Am zehnten Tag ohne Hoffmann steckt zwischen der üblichen Post eine Ansichtskarte aus Goslar. Kleine, bunte Bilder mit Stadtansichten auf der einen Seite. Auf der anderen eine unbeholfene Handschrift. Unterschrieben ist die Karte mit »Eure Hoffmann«. Mir zittern die Knie, ich stolpere die Treppe hinauf. Mein Geschrei ruft die erschreckte Memsahib herbei. Wir streiten, wer die Karte halten darf, und lesen gemeinsam: »Liebe Leute, ich bin hier im schönen Harz auf dem Weg nach Berlin. Hier liegt noch Schnee. Mit Allahs Hilfe werde ich in drei Tagen in Kreuzberg sein.«

Wir sehen uns mit offenem Mund an. Berlin! Ja, das sieht ihr ähnlich. Ihre lächerliche Schwärmerei für die Hauptstadt hat sie in die Tat umgesetzt. Hoffentlich geht es ihr nicht wie Kolumbus, der nach Indien wollte und in Amerika landete. Aber seit wann kann sie schreiben? Und was heißt Allah? Ist sie verrückt geworden? Sie hat doch mitgekriegt, wie gefährlich die Verwendung von muslimischen Begriffen heutzutage ist. Na, Hauptsache, sie lebt. Wahrscheinlich hat eine türkische Familie sich ihrer angenommen. Wir lesen weiter: »Könnt ihr mir die Brekkies in der silbernen Tüte schicken? Ich diktiere dies der Layla. Sie ist sehr lieb zu mir. Wenn ich in Kreuzberg bin, lasse ich wieder von mir hören. Eure Hoffmann.«

Also Layla. Ein türkisches Mädchen. Die Brekkies in der silbernen Tüte aß sie tatsächlich am liebsten, das beweist die Echtheit ihrer Nachricht. Wahrscheinlich enthalten sie Schweinefleisch. Und kein Absender. Wenn wir sofort losfahren, sind wir am Abend in Goslar. Aber Goslar hat 44000 Einwohner, davon vielleicht ein Viertel Türken. Und wenn sie nur auf der Durchreise sind, Layla und ihre Familie? Wenn sie ihren vollbeladenen Kombi zu dieser Stunde ebenfalls starten mit Hoffmann vor der Heckscheibe?

»So wie sich Hoffmann im Auto anstellt, schmeißen sie die doch spätestens in Braunschweig wieder raus.«

»Wieso Braunschweig?«

»Das liegt auf der Strecke nach Berlin.«

»Ach, so?«

»Ja, oder an der ersten Tankstelle.«

»Das wird Layla zu verhindern wissen.«

»Pah, auf Frauen nimmt der Muslim keine Rücksicht.«

Was bleibt uns übrig? Wir warten.